Die maurische Infantin

Mohammed Dib

Die Maurische Infantin

Roman

Aus dem Französischen von
Regina Keil

Kiepenheuer & Witsch

1. Auflage 1997

Titel der Originalausgabe *L'infante maure*

Aus dem Französischen von Regina Keil

Umschlaggestaltung Silke Niehaus, Düsseldorf
Satz Jung Satzcentrum, Lahnau
Druck und Bindearbeiten Pustet, Regensburg
ISBN 3-462-02607-0

I

Die Erbin in den Bäumen

Heute ist Sonntag. Woher ich das weiß? Alles scheint Ferien zu haben; das Haus, wir und die Dinge. Denn welcher andere Morgen verhält sich so still, welcher andere läßt keinen seiner kleinen Hammerschläge vernehmen? Es gibt nur einen. Und dieser eine ist so aufmerksam, so tönend vor Stille, wie es nur immer möglich ist. Ohne dabei zu schlafen, er tut nur so. Und das Licht selbst: aufmerksam, tönend, ist ein Ferienlicht. Und erst der Himmel. Von einem so aufmerksamen, so beeindruckenden Blau wie nach der großen Wäsche, einem Ferienblau. Er blickt durchs Fenster zu mir herein mit einem verschlafenen Kinderauge; ein Kind, das ganz still in seinem Bett liegenbleibt, ganz erstaunt. Und ich, ich blicke ihn an und sage: »O ja, ihn so anzusehen und dabei von Traumwellen gewiegt zu werden, ist einfach himmlisch.« Ich blicke ihn an, ich weiß nicht wie, mit halbgeöffneten oder halbgeschlossenen Augen. Von allen Seiten kann man hören, wie die Dinge sachte aufwachen, sich bemühen, nicht allzuviel Lärm zu machen, ohne allzu große Eile.

Auch sie schweifen noch durch ihre Träume. Aber nur, bis etwas passiert, was dir das Herz in der Brust springen und zerspringen läßt, es weit öffnet und es mit dieser unerträglichen Freude füllt: Dein Papa ist da, er schläft auf der anderen Seite der Wand. Eine Wand, die so dünn ist, daß sein Atem durch sie hindurchdringt. Und ich merke, daß ich gleichzeitig dem Morgengesang des Vogels und dem Atem von Papa lausche. Einzigartig, der Gesang, wie dieser Atem. Und ich spüre die Hände des Tages auf meinen Lidern. Dieses Glücksgefühl. Wasser, das strömt, über mir zusammenströmt, mich fortträgt mit sich, und ich verliere mich, bin woanders...

Ich schlafe wieder ein, kehre zur Quelle zurück, zu diesem Augenblick, da dein Körper nicht mehr dir gehört. Ganz auf dem Grund läutet es wie von Glocken. Aber ich weiß, wenn ich auch wieder fest eingeschlafen sein mag: Es sind die Glocken des Lichts, die Dinge, die da träumen, während hier, hinter der Tür, ein anderer Traum wartet. Und dann nicht mehr wartet, ein Schlupfloch sucht, sich an den Türangeln versucht. Ein Traum wovon, lieber Gott? Es will bis zu mir vordringen, und alle Dinge werden von einem Verlangen zu brennen gepackt, man weiß nicht, was sie packt, warum dieses irre Verlangen. Aber man ist vom selben Verlangen gepackt, möchte schreien: »Papa! Papa!«

Und dann, ganz leise: »Mama.«

Doch ich schreie nicht, wegen dieser Stille, und da kehrt es wieder hinter die Tür zurück. Denn es war hereingekommen, und du hast es nicht bemerkt. Es ist also hinter die Tür zurückgekehrt, aber es ist immer noch da.

Ich spitze die Ohren. Ich höre nichts als die Stille und in der Stille einen Hauch, etwas, das darauf wartet, sich auf dich zu stürzen, dich unter seinem Gewicht zu begraben, und das wäre dann noch nicht einmal das Schlimmste. Sondern, daß es wiederkäme und dabliebe, dir gegenüber, einfach so, dir Gesellschaft leistend, und hinter der Leere seines Blicks, seiner Gesichtslosigkeit, das Grauen verbergend, das dich anstarrte. Es starrte dich an, und du betrachtetest es reglos, nähmst den Kampf erst gar nicht auf. Und holtest am liebsten den Schlaf zu Hilfe, daß er sich aufs neue über deine Augen breite. Es hätte so weh getan, das Weiß dieser Augen und das Weiß drumherum zu ergründen, daß alle Finsternis der Welt gerade ausreichte, dir die Hand zu reichen, eine freundliche Hand, um dich dahin zu geleiten, wo schwermütige Landschaften dich erwarten. Wasserlandschaften, vielleicht. Durchsichtiges, unergründliches, leichtes Wasser, geräuschlos, endlos dahingleitend, oder ferne, reglose Gewässer, Zauberspiegel. Vielleicht auch Feuerlandschaften. Und du, ebenfalls Fackel, läufst auf sie zu, du tanzt, Flammen bedecken dich mit brennenden Flügeln. Und du könntest ruhig untergehen, alles könnte ruhig untergehen in einem Abgrund unverwüstlicher Freude.

Nein, ich sollte jetzt lieber aufstehen: Es reicht. Ich hatte mir im Kopf schon Tanzschritte zurechtgelegt, als er noch auf dem Kissen lag. Mal sehen, ob ich sie hinbekomme. Und schon tanze ich. Ich tanze ganz nackt, keiner da außer mir, ich kreise durch die Küche und fange von vorne an. Musik brauche ich nicht. Die habe ich im Kopf. Meinen Füßen macht es Spaß zu tanzen, meinen Beinen auch, meinem ganzen Körper. Wie gut das tut, nachdem man eine ganze Nacht lang ruhig dagelegen hat. Die Stille hält hoffentlich noch lange an, damit ich noch lange tanzen und die Nacht dorthin zurückdrängen kann, wohin sie jetzt sowieso gehen muß. In der Ferne höre ich schon die Lokomotive des Tages schnaufen. Ganz genauso hört es sich bei mir an, wenn ich tanze. Ich habe keine Angst mehr, weder um mich noch um die Meinen.

»Was machst du denn für einen Lärm, Lyyli Belle! Man könnte meinen, daß ein ganzes Rentierrudel durch die Wohnung trampelt. Und dann noch ohne Nachthemd.«

Das ist Mama. Sie versteht nicht. Ich habe sie geweckt. Papa sagt nichts. Er schläft schon seit einer Weile nicht mehr, ich weiß es genau, aber er sagt nichts. Er hat mir beim Tanzen zugehört: Auch da bin ich mir ganz sicher.

Und schon bin ich wieder im Bett, es ist noch früh. Dieses Bett könnte man glatt für ein Schiff halten, man streckt sich aus und ist schon unterwegs. Es ist ein Schiff, mit dem man weit, sehr weit kommt. Und das wäre bestimmt nicht dümmer als manches andere, was man so tun könnte, ich weiß nur nicht, was.

Und dann nichts mehr. Nur das Haus hört man noch atmen und manchmal leise seufzen. Das Innerste dieser Ruhe ist so unerreichbar wie ein Schatz. Ist der Schatz des Hauses.

Ich mache mich ganz lang, strecke die Füße nach vorn aus und nach oben und noch weiter nach oben, und dieses Mal falle ich direkt in den Himmel. Seine Schönheit wird mein Bett. Ich tauche tief ein, werde fortgerissen, spüre, wie ich neu geboren werde. Ich bin neugeboren, nehme wieder Gestalt an, und was für eine: wie ich es nie-mals-zu-er-hof-fen-wag-te. Das ist das Geheimnis. Mein Geheimnis.

Du schwebst in einem Lächeln davon und bist fortan mit allem eins. Bist ein Geheimnis, das sich im Raum entfaltet, bist das Zeichen, das die Welt öffnet und beschützt.

Von hier oben erblicke ich plötzlich Kikki. Er schleicht wie ein Wolf durch die Gegend. Ein Wolf, der Übles im Schilde führt, wenn ich nicht sehr irre. Ich werde ihm meinerseits einen Streich spielen, auf meine Art. Ich werde mich einfach auf ihn fallen lassen. Aber dieser alte Gauner ist gerissener als ein Wiesel, er hat die Gefahr gewittert und sich verdrückt, ist einfach verschwunden.

Und das ist mit ihm los: Ich wachse, werde größer und er überhaupt nicht. Er bleibt immer so groß wie der Kleine Däumling, und das erträgt er nicht. Glaube ich.

Das ärgert ihn, läßt ihn böse werden, er rächt sich. Was soll ich tun? Meine Schuld ist es nicht, wenn ich doppelt so groß scheine wie er. Deshalb höre ich doch nicht auf, ihn immer weiter liebzuhaben. Aber man kann ihm ja nichts erklären, er läßt keinen mehr an sich heran. Todtraurig bin ich manchmal, presse Zähne und Fäuste zusammen und befehle meinem Körper, nicht mehr weiter zu wachsen, ich bitte und bettele mit aller Kraft. Ich frage mich, ob das irgend etwas bringt. Im Moment jedenfalls nicht.

»Willst du endlich aufstehen, Lyyli Belle? Du schläfst ja mit offenen Augen.«

Schon wieder Mama. Sie holt mich aus meinen Träumen heraus. Jetzt, wo alles bereit ist, den Morgen zu empfangen, stehe ich auch auf. Ich stehe auf, um mir das anzusehen. Zuerst den Garten. Mein erster Besuch gilt ihm. Ich begrüße unsere Bäume, die Birken, die Kiefern, unsere Kräuter, unsere Blumen, vor allem die Rosensträucher, die nach einer ganzen Nacht alle noch an ihrem Platz sind, treu, wie sie sind, und schon so lange wach. Unser schöner Garten, der sich zum Wald hin öffnet, der immer blauer wird, je ferner er rückt hinter den Schleiern des Nebels. Wenn die Zeit kommt, gibt es dort Pilze, und mit Pilzen kenne ich mich aus, ich sammle dann welche. Man findet im Wald außer Pilzen alles, was man sucht, auch Blaubeeren und wilde Erdbeeren. Man kann dort alles suchen, was man nur will. Man glaubt, man verläuft sich im Wald: Aber nein, die Waldwege bringen dich immer nur dorthin, wo du hinwillst.

Ich möchte weit fortfliegen, in den Armen meines Baumes, und träumen: wovon? Von einem Land weit weg, draußen in der Welt. Einem Land, wo ich allein wäre mit dem Wind und seiner Musik in meinen Ohren, meinem Haar, und mit etwas, für das es keine Worte gibt. Kein Licht, denn für das Licht gibt es ein Wort. Etwas eben. Das vor mir herginge, tanzte, mir Mut machte, ihm zu folgen. Schon eine Art Licht, aber ein Licht nur für mich allein, mein ganzes persönliches Licht. Ich stelle mir vor, daß es so etwas gibt; der Gedanke daran gefällt mir. O Etwas, hab Dank. Wenn ich nur daran denke, wird meinem Herzen vor lauter Glück ganz schwindlig. Und ihr Bäume, tut, was ihr könnt, damit es still wird, ganz still und ganz weiß. Ihr dürft zuhören, ihr dürft vorsichtig die Spitzen eurer kleinen Blättchen bewegen. Aber mehr auch nicht.

Sie wissen schon – was wüßten sie nicht! – und bewegen zustimmend die Ohren. Sie wissen sogar, woher ich den Samen habe, aus dem die Gedanken keimen, die Pflanzen, die Blumen, die Menschen und auch sie selber, die Bäume. Lassen wir die Blumen, die sind viel zu schön, um an anderes als an sich selbst zu denken. Ich bin sicher, daß sie nicht darauf achten, was ich in diesem Moment gerade tue. Sie halten sich für die Königinnen. Aber laßt erst mal die Kälte kommen und den Schnee, wo sind dann die Königinnen? Ganz anders als meine Bäume, die da bleiben, wo sie einmal sind. Selbst im Herbst sind sie da, wenn der Garten sich mit Rost überzieht, und im Winter, wenn er groß wird und weit und die Welt mit ihm. Selbst nach den Blumen sind sie noch da und nach mir, und sie erinnern sich daran, wer wir einmal waren.

Mit ihnen, den Bäumen, die an beiden Enden wachsen, gibt es immer Hoffnung. Man muß nicht immer wieder von vorne anfangen. Das Wasser kann sie besuchen kommen, sooft es will, die Luft auch, und sie können gehen, wann es ihnen paßt. Wie sinnig! hat Papa eines Tages so hingeworfen. Sinnig? Wieso? habe ich gefragt. Er hat geräuschlos gelacht, wie immer, mit seinem funkelnden Steppenwolfblick. Statt einer Antwort hat er nur gesagt: »Alle Kinder sind Saprophyten, S, a, p, r, o, p, h, y, t, e, n!« Und ich: »Ist das wieder so ein neuer Name, den du mir da gibst? Hydrozephalus!« Papas Lächeln kam diesmal schon kurz davor zum Stillstand; es war da, aber gestoppt, und er fragt: »Woher nimmst du denn diese Wörter?« Ich: »Aus dir. Sie kommen aus dir heraus.« Er: »Aus mir?« Und jetzt bin ich dran: »Weißt du, warum es nachts dunkel ist?« Er sucht und findet keine Antwort. Schließlich: »Weißt du es denn?« Ich: »Aber selbstverständlich.« Er: »Würdest du mir dann bitte ein Licht aufstecken?« Ich: »Damit die Geister auch ein bißchen leben können.« Diesmal hat er nicht gelacht.

Dieser Tod, wenn ich wie gerade jetzt im Licht ertrinke, und diese Blasen, zu denen die Wörter werden, die meine Lippen formen. Blasen und immer noch mehr Blasen. Das wird wohl eine Geschichte geben. Aber eine Geschichte voller Löcher. Nein, ich bin es, die voller Löcher ist – nicht die Geschichte. Fast wie diese Figuren, die ich mit der Schere ausschneide. Auch der Garten nimmt an dieser Geschichte teil. Vom hellsten Winkel bis in den finstersten hört er mir zu. Eine Geschichte ist Zeit, die Zeit dazu hat, alles zu tun. Der Wind fährt mir mit der Hand über den Mund. Er will, daß ich still bin. Das ist es. Ich will aber nicht, ich laufe, ich rede, ich spiele, ich erzähle in meiner Geschichte Geschichten. Der Wind ist mir piepegal.

Dieser winzige Wind, ein Lufthauch, dem es noch nicht mal gelingt, sich in die Geschichte hineinzuwehen, und der sich zwischen den Blättern durchwindet, streift meine herabbaumelnden Beine. Er ist überall gleichzeitig, weil er nicht nirgendwo sein kann. Dann ist auch er still, er verschwindet. Mama ruft gar nicht nach mir. Sie muß sehr beschäftigt sein. Mit Zeitunglesen, Nähen oder damit, für heute nachmittag einen Kuchen zu backen. Ob sie wohl weiß, daß ich an sie denke? Leidenschaftlich an sie denke. Manchmal schaffen es die Wörter plötzlich nicht mehr zu sagen, was sie sagen sollen, und das gerade dann, wenn man sie am nötigsten hat. Es gibt nur noch Schreie. Sie sind alles, was einem bleibt. Aber du fürchtest dich vor ihnen. Weil du nämlich schreist und keinen einzigen Ton aus deinem Mund kommen hörst. Wieder ganz ruhig, sage ich: Mama, ich sehe Strahlen um deine Augen, Strahlen um deine Lippen, Strahlen um dein Gesicht. So ist das. Überall Strahlen. Und dann werden sie alle miteinander, strahlender Blick, strahlendes Lächeln, strahlende Schönheit, zu einem einzigen Strahlen. Vielleicht sind sie dabei, den Riß zu kitten. Den Riß zwischen mir und dir, der sich abzuzeichnen beginnt. In diesem Fall würde selbst der Tod nicht sterben wollen. Ich bin mir dessen ganz sicher. Wie man sich im Spiegel betrachtet, so betrachtet er uns und lächelt auch dieses strahlende Lächeln. Und zu Hause lächelst du ganz allein vor dich hin, Mama, und nichts ist verloren, niemand ist verloren. Ich lasse meine Tränen einfach inwendig herunterlaufen. Und verriegele ganz fest die Tür hinter ihnen.

»Du bist die Hüterin des Gartens«, hat Papa gesagt.

Das war wieder an einem anderen Tag.

»Die Hüterin des Gartens, des Waldes und des Himmels, der über allem ist«, habe ich geantwortet.

»Du bist die Hüterin deiner Mutter.«

»Die Hüterin meiner Mutter und meines Vaters.«

»Hüterin bei Tag und Hüterin bei Nacht.«

»Die Hüterin des Tages, der Nacht, der Geister und der Menschen. Die Hüterin der Welt. Von allem, was du dir nur vorstellen kannst!«

»Kann ich mir mühelos vorstellen, mein Mädchen.«

Ich mag diese Art, wie er mit mir redet. Ich bin schon darauf eingestellt, doch das nützt mir nichts, jedesmal ist es anders, als man erwartet hat. Meine Füße haben keine Bodenhaftung, ich schwebe, hebe ab, wenn er bei uns ist. Und jetzt traue ich mich kaum, durch die Äste zu blicken, ob er wohl da wäre, irgendwo da unten. Diese Panik, die dich immer unvorbereitet überfallen will. Ich kann Papas in Mamas Gesicht sehen. Ich werde nicht nach unten blicken. Nein, nein, nein. Ganz bestimmt nicht. Aber warum beginnen die Vögel so zu fiepen, wie Babys oder Wolfswelpen, die Angst vor ihrem eigenen Schatten haben. Vielleicht ist es ja nichts, ist da niemand. Ruhig, ganz ruhig, sage ich zu ihnen, und schon sind sie nicht mehr diese Herzchen, die angstvoll in der Dunkelheit wimmern. Sie weinen tief in mir drin.

An mich, und ich denke jetzt: Sieh an, ich bin groß geworden. Ich denke: Da, wo ich bin, bin ich nicht in den Bäumen. Ich bin weit weg. Bin allein. Alles ist zu Ende. Auch die Zeit der Spiele. Und ich denke: Ich bin alt, und daran wird sich nichts mehr ändern, nichts wird sich mehr ändern, nichts kann mir jetzt noch passieren. Ich bin älter als Mama, älter als Papa. Alles ist vergangen, und ich habe nur noch dieses Vergangene. Ich bleibe mit dem Ende meiner Geschichte in einem Baum. Vielleicht bin ich ja schon tot und dabei, wieder jung zu werden, wie früher. Jung und schön in meinem neuen Leben.

Mama? Eine Turteltaube, die sich aufplustert und gurrt. Und Papa, der hat dann nur noch seine Wolfsblicke für sie. Verschlingen wird er das Täubchen nicht, im Gegenteil, sein lauernder Blick wird fast tränenfeucht. Sie weiß das und macht immer weiter, setzt noch einen drauf, die Augen in die Ferne gerichtet oder zum Himmel empor. Sie gurrt und gurrt. Ich beobachte sie auch, dann beobachte ich ihn. Dann beobachte ich nur noch ihn. Ein Wolf, aus dessen Augen ein samtenes und dankbares Leuchten strahlt. Man muß das Glück jetzt nicht mehr suchen, es ist da. Hier. In Reichweite der Zähne.

Die Gesichter: Lampen, die man mit einem einfachen Blick, den man ihnen zuwirft, zum Leuchten bringt. Ansonsten sind sie erloschen. Das von Mama strahlt zur Zeit in seinem ganzen Glanz.

Genug gegurrt, genug geglänzt, Mama. Übertreib nicht. Plötzlich sage ich: »Papa, wenn du jedesmal wieder weggehst, wie du das immer tust, dann bleib doch endlich mal ganz weg oder bleib endlich mal ganz da.«

Mamas Gesicht hört auf zu strahlen. Ist nur noch ein Fragezeichen, das uns befragt.

Papa betrachtet mich eingehend, sieht mir mitten in die Augen, mitten in mich hinein. Ich betrachte ihn genauso. Es scheint, daß er gar nicht so übel aussieht. Aber bitte, man frage mich nicht nach Einzelheiten, ich wüßte sie nicht zu sagen. Mama wendet ihre wiedergewonnene Aufmerksamkeit erst mir zu, dann Papa, dann mir, dann wieder Papa.

Sie scheint noch immer nicht zu verstehen. Sie muß denken: Hinter dem, was man sieht, versteckt sich immer noch etwas anderes, hinter dem, was man sagt, auch.

Und Papa, der erklärt jetzt:

»Ich spüre, wenn der Augenblick kommt und ich nicht mehr länger irgendwo bleiben kann, und dann garantiere ich für nichts mehr.«

Sein Blick ist schon wieder fort, dort, wo er hingehen wird. Er sieht mich schon nicht mehr.

»Aber um wiederzukommen«, sage ich, »muß man natürlich weggehen, nicht wahr? Das macht ja nichts.«

Ich fahre fort, ohne daß er mich hört: Das macht ja nichts, ich werde auch nicht traurig sein. Man ist ja nicht wirklich tot, man vergißt einfach nur zu leben, aber wir sind ja immer hier, das weißt du ja, und du weißt auch den Weg zu uns. Solltest du ihn vergessen, ruf einfach an: Du wirst sehen, wir kommen dich dann holen. Also muß man auch nicht traurig sein, auch du nicht.

Kann man glücklich sein, einfach nur glücklich, mit dem, was man hat? Frage ich mich jetzt selbst. Glücklich mit den Menschen, die man hat, und über das, was man ist? Zum Beispiel die Sonne, sie ist da draußen zugange, während uns die Tiefe des Hauses umhüllt. Die Blumen in der Vase da habe ich extra für sie aufs Fensterbrett gestellt. Und sie hat es bemerkt. Ich hab's gesehen. Was mehr können wir wissen oder haben? Daß man man selbst und unter sich selbst ist? Aber immer ist da zwischen einem selbst und den Dingen, einem selbst und den anderen, eine Wüste mit dem warmen Duft ihrer Dünen.

»Weil nämlich auch ein Wolf in dir steckt, Papa. Und ein Wolf, der kann wohl nicht ohne Wüste leben, oder?«

Er wirft mir einen Blick voller Licht zu. Ich verstehe ihn, so wie ich auch das Licht der Wüste verstehe. Er sagt nichts, er lächelt.

Immer ist da irgend etwas, das um uns herumschleicht. Aber ich fühle mich so sicher unter seinem Blick wie im Schutz eines Zeltes. Auf genau dieselbe Art und Weise.

Schön wie sie ist, ist Mama gegangen, uns etwas zu essen zu machen. Und wir warten.

Und warten, wer von uns beiden, Papa oder ich, wohl als nächster das Wort ergreift. Was kann so ein Wolf in der Wüste schon zu fressen finden? Ich habe gewartet, daß er von dort zurückkommt, so wie ich jetzt warte, daß er wieder redet. Soll er sich Zeit lassen! Das Leben selbst kann nicht anders, als dir heute die eine und morgen die andere Seite seines Gesichts zu zeigen. Das verstehe wer will, dieses Spiel.

Die ganze Zeit über hat die Flamme seiner Augen gebrannt. Und in ihrem Schatten dieses Ding, das dich, wenn es dich nur ganz leise berührt, vor Entsetzen aufschreien läßt. Natürlich ist er hier, aber was nützt es, man weiß überhaupt nichts von ihm. Genaugenommen: Je mehr er da ist, um so weniger weiß man von ihm. Und dann senkt er den Kopf und schreibt weiter.

Und du, lieber Gott, was weißt denn du von ihm? Selbst dich zieht es, wenn du ihm zusiehst, in den Abgrund. Alles dreht sich, und du stürzt ab.

Und doch ist alles wunderbar ruhig: die Gegenstände im Zimmer, die sich von ihrer schönsten Seite zeigen, der Sonnenschein, der grün und blau schimmernd durchs Fenster strömt. Selbst die Bäume sehen uns wie Freunde durch die Scheiben an. Ganz zu schweigen von den weißen Wänden, vom Teppich, der an einer dieser Wände hängt, vom schwarzen Bett und dem Sessel in der Ecke, wo ich sitze und warte. Ich sage:

»Ich habe Angst.«

Ich habe ganz ruhig *ich habe Angst* gesagt. Er schreibt weiter. Wie kommen die Wörter aufs Papier? Er macht weiter, blickt konzentriert aufs Blatt, und schon sind die Wörter da. Landeten meine Wörter, jene, die ich der Luft anvertraue, und die der anderen auch auf diesem Blatt, ich wäre kein bißchen überrascht. Er scheint währenddessen auf alle Geräusche zu horchen, selbst auf Geräusche, die es gar nicht gibt. Er spricht, durch seine Augen, mit dem Blatt.

»Angst«, sagt er. »Wieso?«

»Angst vor dir.«

»Vor mir?«

»Nein, vor mir.«

Lautlos lacht er zu mir herüber.

»Vor dir, vor mir!«

»Ich habe Angst. Einfach so.«

»Ich auch«, sagt er.

»Du auch? Und du weißt nicht wovor.«

»Nein.«

»Vielleicht davor, so glücklich zu sein.«

Und er:

»Vielleicht.«

Den Stift in der Luft, horcht er schon wieder auf Worte, die es nirgendwo oder anderswo gibt, die aber nur in seine Ohren gelangen, in die Ohren, die er am Kopf hat, und die anderen.

»Als wäre man unglücklich«, sage ich. »So, als wäre man traurig wegen ich weiß nicht was.«

Er steht vom Schreibtisch auf, kommt zu mir rüber und drückt mein Gesicht, so wie ich sitze, mit einer Hand fest an seinen Bauch. Jetzt ist er es, der mich in seinem Bauch tragen will, dem das fehlt. Ich habe den Geruch seiner Kleidung in der Nase: Thymian, könnte man meinen. Aus dem Bauch seiner Mutter zu kommen, ist so natürlich, daß es gar nicht der Rede wert ist. Aber aus dem Bauch seines Vaters! Das heißt, ganz und gar geboren zu werden. Vorausgesetzt, so ein Vater will dich überhaupt austragen.

»Als fiele man unterwegs hin, noch ehe man zu Hause angelangt ist«, sage ich. »Noch ehe man in den Armen, die man liebhat, angekommen ist.«

Ich fühle mich wohl hier, in seinem Bauch, aber ich ersticke, und das, was ich zu sagen habe, erstickt auch. Ich befreie mich, da sagt er:

»Ich weiß. Man ist glücklich und glaubt doch, daß man gleich abstürzen wird.«

»Daß nichts verhindern kann, daß man abstürzt.«

»Man muß sich an sich selbst festhalten. Ja, vielleicht. Den Mut haben, sich zu sagen, daß man schon nicht abstürzen wird.«

»Und du machst das so?«

»Es ist schwieriger, mutig als glücklich zu sein.«

»Ich kenne das. Du denkst das also auch?«

»Ich glaube.«

»Ich bin auch mutig. Deshalb habe ich manchmal auch solche Angst.«

Ich habe nicht verstanden, was er mir, wenn überhaupt, leise wie ein Atemzug, geantwortet hat. Mir scheint, »ich auch«.

»Aber ich: auch vor dir«, sage ich.

»Vor mir?« sagt er. »Angst?«

»Ja.«

»Warum?«

»Weil du es bist.«

»Weil ich es bin.«

»Und weil ich es bin.«

Als zwinkerte der Tod mir zu, schickte mir lauter kleine Zeichen. Aber ich werde weiter nichts sagen, dazu bin ich nicht verpflichtet. Er ist hier irgendwo. Und ich bin da. Wir beide in diesen vier Wänden, Fenster und Türen geschlossen, und zwischen uns Papa. Mama würde in Panik geraten, wenn hier Vögel reinkönnten. Deshalb wird alles abgeschlossen, zugeriegelt. Sieh an, Regenvorhänge wehen naßstaubig vor meinen Augen herum, und zwischen den Wasserschleiern zittert ein Gesicht, den Mund weit aufgerissen, bereit, einen Schrei auszustoßen. Papa ist schon halb auf dem Weg, die Hand nach hinten ausgestreckt.

»Komm. Wir machen einen kleinen Waldspaziergang.«

Das Gesicht will noch immer seinen Schrei ausstoßen, aber nichts geschieht.

Meine Hand hat sich von selbst in Bewegung gesetzt, und dann habe ich ihm diese Ohrfeige verpaßt. Warum, wieso. Weiß nicht. Werde es nie wissen. Das war meine Hand, nicht ich. Er hat kein Wort gesagt, sich nicht gerührt. Er sprach weiter, als habe er nichts verspürt, keinen Klaps oder sonst etwas abbekommen. Fast hätte meine Hand sich wieder in Bewegung gesetzt. Aber ich habe sie gerade noch einmal zurückgehalten, und nichts ist passiert. Oder vielmehr, die Hand machte sich auf, ihm das Gesicht zu streicheln. Selbst rasiert kratzt sein Bart noch unter der Haut. Meine Hand hat ihn gestreichelt, und er, er hat eigenartig gelächelt.

Er sprach weiter mit mir, aber er schob dabei den Tisch zwischen uns. Anfangs habe ich nicht verstanden. Dann schob er immer mehr und alles mögliche zwischen uns. Und ich habe verstanden. Ich konnte meine Schluchzer nicht unterdrücken. Denn angefangen hatte ja ich, mit einer Ohrfeige, die ich zwischen uns schob.

Wenn ich denke, wozu so eine Hand alles fähig ist, ohne dich auch nur im geringsten zu fragen, und ich hüte mich, die meine auch nur im entferntesten anzusehen. Ich will vergessen, sie einfach vergessen. Die Welt ist manchmal so furchterregend, daß man seiner eigenen Hand nicht mehr trauen kann. Wie eine Tür, hinter der sich, wenn man sie öffnete, alles vorfindet, was man nicht würde sehen wollen. Eine Tür, die sich leicht öffnen, aber nicht leicht wieder schließen läßt, deine Augen selbst würden sich nicht so leicht wieder schließen lassen, hättest du erst einen Blick hindurch getan. Und du hättest nicht einmal eine Stimme, um um Hilfe zu rufen.

Es gibt Stunden, da ist es so; Stunden, da ist es wieder nicht so. Stunden, da bist du du; Stunden, da bist du es wieder nicht. Das wechselt die ganze Zeit, und niemand merkt es außer dir. Jetzt eben ist es so, bin ich ich. Aber man kann sich nicht darauf verlassen. Das Ich, wäre es vollkommen, wäre wie ein Apfel oder wie das Tageslicht. Es wäre vor dir, klar und deutlich, und sähe allein sich selber ähnlich. Ich bin weder das eine noch das andere, weder ein Apfel noch das Tageslicht. Doch ich muß mir nur die Augen zuhalten, und schon sehe ich sie, die vollkommene Form. Oder man betrachtet sich im Spiegel, man entdeckt jemanden darin und kann nicht immer sagen, ob es ein Trugbild ist oder was. Zweifellos ist man es selbst, zweifellos ist das jemand anders. Man sagt sich: »Das bin ich«, weil sich ja keiner sonst in diesem Spiegel betrachtet. Aber wie kann man sicher sein? Man ist hier, man ist da, doch wie soll man an zwei Orten gleichzeitig sein? In Wahrheit weiß man nicht, was hier vor sich geht, wer dich von da drüben überwacht. Wenn man wenigstens mal nachsehen könnte. Nachsehen, wer sich hinten im Spiegel versteckt, sich eigentlich nicht einmal versteckt. Aber ich glaube, über solchen Fragen ginge das ganze Leben dahin.

Jetzt eben sehe ich eine, wie sie kommt und geht, sich um sich selber dreht, den Kopf schräg zur Seite legt, das Mäulchen verzieht und sich dabei im Spiegel zusieht. Sie könnte ich sein. Nein, das bin nicht ich. Ohne mich zu rühren, beobachte ich sie weiter, und sie, da drüben, macht nichts als seltsames, dummes Zeug. Wie eine Statue beobachte ich sie. Ich sage mir: »Das ist doch nicht möglich.« Du überwachst sie noch immer. Was sie nicht alles macht! Ihr zuzusehen tut dir ein bißchen weh, macht dir ein bißchen Angst. Aber auch Zärtlichkeit ist dabei, die heiß in dir hochsteigt, ins Gesicht, mit dem Blut, und deine Augen werden zu Fenstern der Liebe. Man vergißt, wer man ist, man vergißt ganz die, die ihrem Papa eine runtergehauen hat.

Ich sollte besser nach draußen gehen. Wird mir guttun. Mit der Welt zusammenleben. Mit den Bäumen, der Luft zwischen den Bäumen, den Rosensträuchern, den Johannisbeersträuchern. Der Luft, dem Himmel. Mit ihnen zusammen atmen. Hier, im Garten, gibt sich nichts geschlagen, nichts ermattet, auch nicht die Lust der Augen, die Lust des Herzens. Keiner außer dir denkt andauernd an eine Gefahr, die hier irgendwo lauert, nie weit weg. Keiner wird müde und matt und meint, daß die Welt auf seine Gegenwart verzichten kann und doch sich selbst treu bleibt, ohne von dir dieselbe Treue zu verlangen.

Trotzdem, auch hier sind Schatten, die nach mir spähen, mir immerzu folgen. Ich lasse sie, vielleicht haben sie gar keine so bösen Absichten. Aber ich fange nun ebenfalls an, alles mit ihrem lauernden Blick zu betrachten. Mama ist jetzt auch in den Garten gekommen, auch sie unter meinem lauernden Blick. Papa, der rührt sich nicht weg von da oben, er ist der Himmel über uns. Der Himmel, der über allem ist. Sähe er mich nur aus seinem Himmel an wie eine Blüte, die sich am Morgen erst geöffnet hat.

Ich setze Schritt vor Schritt, immer tiefer in den Garten hinein, weit weg von dem, was ich bin, und hinter mir lasse ich das Bild, das mir ähnlich sieht, aber nicht ich ist. Denn ich kann jetzt nicht bleiben. Ich könnte Papa keine Antwort geben, wenn er mich von seinem Fenster im ersten Stock aus ansprechen, noch auf das hören, was er mir sagen würde, noch tun, was ich sollte. Ich könnte es einfach nicht. Ich habe aufgehört zu sein, was sie glauben, das ich bin: ein Kind, das von Kästchen zu Kästchen hüpft, ein Kind, das seilspringt, ein Kind, das die kleine Wilde spielt, ein Kind, das sich gern von ihnen verwöhnen ließe. Nichts von alledem. Das da, das bin nicht ich, ein Kind, das sich in den Sessel kuschelt und mit seinen Zehen spielt. Oder ein Kind, das seine Zeit damit vertrödelt, mit seinem Papa zu diskutieren. Aber ich lasse ihm gern dieses Bild von mir zurück, bevor ich weit weggehe. Ganz anders, ganz gelassen. Die Luft einatme, mich in ihr auflöse und von hier und dort verschwinde. Und nur noch Luft bin, die niemand sieht. Adieu, Papa.

Im Garten, der jetzt ganz allein mit sich ist, pfeift ein Vogel, versteckt sich irgendwo, wartet ab. Er pfeift, wartet weiter ab. Um zu sehen, ob jemand auf ihn reinfällt und ihm antwortet? Sein Spiel; es dauert eine gute Weile. Und dann nichts mehr. Schweigen. Das Schweigen lauscht, pocht wie ein Herz. Der Garten fühlt sich einsamer denn je, ein Garten voller Schmerzen. Das hat er nun davon, von diesen Schatten, die überall herumhuschen. Wie lange noch, lieber Gott? Von allen Seiten verspotten sie ihn, aus allen Winkeln. Ich bin nicht dabei, nein, schon lange nicht mehr.

Ein Hund mit hechelnder Zunge, nichts bleibt als dieses Schweigen. Und dann ist *ES* plötzlich da. Kommt immer näher. Nur das Schweigen kennt seinen Namen. Und wenn ich *ES* wäre, ich mit einem riesigen Kopf, mit riesigen Lippen?

Mein Land ist nicht Papas Land, aber dennoch auch eine Art Wüste, eine Wasserwüste, eine Waldwüste, eine Wüste aus Nichts. Wo nur das Schweigen meinen Namen kennt, falls man in der Wüste überhaupt einen Namen braucht.

Papa, ich tanze jetzt, und du machst die Musik dazu!« verkündet Lyyli Belle, die plötzlich aufgetaucht ist.

»Wollen wir nicht lieber eine Platte auflegen?«

»Nein, ich will, daß du die Musik machst.«

»Na schön, Lyyli Belle, dann mal los.«

Abwechselnd summend, phrasierend und brummend, *con fuoco* und gleich darauf *giocoso,* beginne ich unverzüglich zu improvisieren, imitiere bald das eine, bald das andere Instrument und manchmal gleich zwei zusammen. Und sie, wie aufgedreht: Ekartés, Entrechats, Volten und Pirouetten, macht mit, immer im Rhythmus, fehlerfrei. Ihre Augen, lächelnd in einem Gesicht voller Ernst, lassen mich nicht aus dem Blick. Ein gezügeltes Lächeln, das weniger mir als ihr selbst gilt, hingebungsvoll auf das Verströmen ihres Körpers konzentriert.

Es gibt kein Vergnügen ohne einen Anflug von Tollheit, von Schwindel. Nicht lange, und ich sehe, wie sie sich hinreißen, mitreißen läßt, sich an unvorhersehbaren, gewagten Figuren versucht. So, als stürze man sich in eine Feuersbrunst, um in ihr herumzuschwimmen, und das Holz gibt immer neuen Flammen Nahrung. Eine Faszination, die von etwas Unsäglichem ausgeht, nimmt ihren Blick in Besitz. Und jetzt ergießt es sich in ihre Arme und Beine, dirigiert ihre Bewegungen. Sie kapselt sich derart beim Tanzen ab, daß ich in Unruhe gerate und mich frage, ob es ihr, wenn ich jetzt meine Musik abbräche, wohl noch gelänge aufzuhören.

Schon ihre Mutter. Ihre Mutter, lange vor ihr ... Eines Tages – vier Jahre, ehe Lyyli Belle geboren werden sollte – kamen wir, vollbepackt mit Lebensmitteln, in eine Wohnung, die man uns damals zur Verfügung gestellt hatte, und – ich werde das niemals vergessen – kaum hatte sie ihre Einkaufstüten abgestellt, da legte sie schon eine Schallplatte auf, als ob sie es nicht ertragen könnte, noch länger ohne zu tanzen zu leben. Und schon steht sie auf der Spitze des einen, auf der Spitze des anderen Fußes und wandert wirbelnd durchs Wohnzimmer. Sie verfügte nach Belieben über ihren Körper, er gehorchte ihr, und sie kommandierte ihn mit lässiger Anmut herum, ganz dem Glücksgefühl hingegeben, das er ihr gewährte. Mit einer berückenden Anmut. Sie berauschte sich solo am Walzer, dem sie sich hingab, und ich, ganz einfach hingerissen, bewunderte sie.

Ohne auch nur einen verstohlenen Blick in meine Richtung anzudeuten, mit demselben verinnerlichten Lächeln wie jetzt gerade Lyyli Belle, mit gesenkten, fast geschlossenen Lidern: und doch wußte ich, daß sie diesen Tanz ganz allein mir darbrachte. Man hätte meinen können, daß sie ein Ritual vor mir vollführte. Und das in der zwölften Etage eines gigantischen, monströsen Hochhauses.

Ein Ritual? Durch die Fenster, die die Außenwand der Wohnung einnahmen, sah ich plötzlich einen Zeppelin am Himmel aufsteigen. Wie, was war denn das? Hatte ich jetzt schon Halluzinationen? Er bewegte sich mit hypnotischer Langsamkeit, ich träumte oder jedenfalls war mir so. Einen Traum, der mit diesem Tanz begonnen hatte. Der Zeppelin bewegte sich, ohne daß er sich zu bewegen schien, in einem Himmel von unwirklich klarem, metaphysischem Blau. Der Traum ging weiter.

Eine seltsame Rührung packte mich. Das Luftschiff, das geradewegs aus einem fernen Zeitalter kam, rief eine andere Wirklichkeit in mir wach und damit, ohne daß ich, was eigentlich vorging, verstand, eine geheime Hoffnung, einen unerklärlichen Elan. Es hatte eine Botschaft an Bord, und die hatte den Empfänger erreicht, mich hatte sie erreicht. War das die geheime Hoffnung gewesen? Meine Gefährtin tanzte noch immer, tanzte immer weiter.

Lyyli Belle beschreibt Kreise mit Armen und Beinen und fegt mit den Händen über den Boden, richtet sich wieder auf, setzt zu neuen Pirouetten an, die sie mitten ins Herz des Tanzes versetzen, so sieht es jedenfalls aus. Und es scheint tatsächlich keine Vollendung zu geben, wenn dieses Herz nicht erreicht ist. Und genau das tut sie soeben: ins Herz eindringen. Und auf unerklärliche Weise werde auch ich von der magischen Wirkung der Operation erfaßt – ich, der Dirigent und Solist, der pausenlos die unterschiedlichsten Instrumente anstimmt. Ja, hier vor dir ist die ganze Fülle dessen, worauf du gehofft und gewartet hast, ohne allzusehr daran zu glauben.

Da hält sie unvermittelt in einer Tanzfigur inne: die Füße über Kreuz, die Arme hoch über dem Kopf gerundet. Ich rechne mit der Fortsetzung, erahne sie bereits und nehme sie mit meiner Musik vorweg.

»Aber Papa, es ist doch zu Ende.«

Es gibt keine Fortsetzung, wird keine Fortsetzung geben.

Der Zauber verfliegt und läßt in der Luft eine Spur man weiß nicht wovon zurück, einen Duft, ein Lachen, einen Gedanken.

Ich applaudiere:

»Bravo!«

O all ihr Dinge des Hauses, Licht der Sonne und ihr, die

ihr unsichtbar anwesend seid, bei uns wohnt und uns beim Leben zuseht, kommt alle her und applaudiert mit mir.

Lyyli Belle, jetzt ganz entspannt, läßt mich mit einem amüsierten Blick gewähren. Die Wege, die ich gehe, würden sich glatt unter meinen Füßen verlaufen, fände ich mich nicht wieder unter diesem Blick, diesem Ziel, meinem Ziel, dem einzigen, das zu erreichen sich lohnen würde.

Lyyli Belle! Lyyli Belle, ich weiß, daß du in einem dieser Bäume steckst! Komm runter, Lyyli Belle, komm da runter!«

Wer mich da ruft, ist Mama. Und ich bin ein Geist, ich spiele die Tochter der Luft. Nie wird sie herauskriegen, wo ich bin, in welchem Baum. Und dazu das Lärmen der Vögel, die sie mit ihren Rufen begleiten, was für ein Aufwand! Die Vögel wissen es natürlich. Aber diesen ganzen Krach, den machen sie ja gerade, um nicht sagen zu müssen, wo ich bin. Sand in die Ohren. Ich kann mich auf sie verlassen.

»Lyyli Belle! Lyyli Belle!«

Sie wird noch eine Weile so weiterrufen und es dann leid sein. Von hier oben bewache ich die Welt. Für den Fall, daß man ihr weh tut, daß Bösewichter mit üblen Einfällen des Weges kommen. Dann werde ich ihnen mit lauter Stimme eine schöne Angst einjagen. Ich hüte die Welt. Alles.

Der Morgen bläst seine Frische durch die Luft, seine Helligkeit. Und, würde ich sagen, sein Glück. Aber das Haus scheint noch dahinten zu schlafen, es träumt noch, und drinnen ist es ganz dunkel. Dunkel und tief. Mama, die schon auf ist, ist auch hinausgegangen, wie ein Morgenmond sieht sie aus mit ihrem Hof aus Schlaf ums Gesicht. Die Dinge draußen sind schon lange wach, die

Bäume sehen aus wie zur ersten Stunde. Ganz neu und ganz ruhig. Sie zeigen ihr schönstes Gesicht: das Gesicht, das man hat, wenn man dem Wesen seiner Träume begegnet ist. So ist es jeden Morgen. Danach ist es nicht mehr so, selbst wenn alles weiterhin schön bleibt.

Der Wald, so blau er auch dasteht, versucht, könnte man meinen, hereinzukommen in den Garten, um näher dranzusein. Aber da bewegt sich noch etwas anderes, und man sieht nicht, was es ist. Etwas anderes kommt näher und dringt überall ein, durchquert alles. Es ist nicht der Wald. Man weiß es nicht.

Pst, das ist der Schatten des Lichts, der da entlangläuft, alles durchquert, überall eindringt. Mein Herz horcht und vergißt zu schlagen, einen Augenblick lang. Das Schweigen dessen, der sich nähert, der ankommt und weiterzieht. Mein Herz schlägt ganz sachte weiter.

Warum sich die Mühe machen, ihn zu Gesicht zu bekommen: Er zeigt niemandem sein Gesicht. Aber du, du hast ihn vielleicht schon gesehen. Ihn ansprechen? Vielleicht hat er ja eine Stimme. Diese Stimme, die in dir drin spricht, niemals aufhört zu sprechen. Wer weiß, ob er nicht ein wenig Freundschaft, ein wenig Mitgefühl gebrauchen könnte. Ob er zum Leben nicht dein Leben braucht, um sich zu zeigen, dein Gesicht. Ja, aber wenn er das alles gar nicht braucht? Dann hieße das, daß er gern etwas anderes von einem hätte, etwas, das man nicht weggeben kann. Sein Blick hüllt mich in Finsternis, und ich zittere; was kann man ihm wohl geben, was man nicht weggeben kann?

Ich zittere so sehr, daß ich gleich von diesem Baum herunterfalle. Laß mich nicht fallen, lieber Gott. Und jetzt bin ich überall im Gesicht ganz rot, überall in mir drin, ganz rot vor Blut. Das Blut der Sonne. Sie ist auf mich draufgefallen.

»Willst du nicht von deinem Baum runterkommen, Dievotchka?«

Aber sie weiß nicht, von welchem Baum.

»Von dem Baum, auf dem du dich versteckst. Komm frühstücken.«

Nein, sie kann es gar nicht wissen. Weil ich mir immer andere Bäume aussuche. Weil ich selbst zu einem Baum werde. Sie will, daß ich herunterkomme. Von wo? Ich bin dieser Baum. Mit meinen Blättern kann ich das Leben sehr viel besser betrachten. So viele Blätter. Und ebensogut kann ich die Luft mit meinen Blättern berühren. So viele Blätter, so viele Hände, so viele Augen.

Ihr Blick, während sie mich ruft: *komm frühstücken*, lichtgetränkt und in ein Lächeln getaucht. Er ist grün. Er kann schön sein, er kann schrecklich sein. Mein Blick ist der eines Eichhörnchens, haselnußfarben, und beim Sehen wird mir ganz warm.

Alle Blätter fangen an zu flüstern und zu kichern. Worüber. Wie Mädchen, wenn ein Junge vorbeigeht. Der Wind ist schon weg, aber die Blätter flüstern noch immer. Sie haben gar nicht gemerkt, daß er schon wieder weg ist. Hat er wohl mitbekommen, daß sie ihn heimlich beobachtet und verspottet haben? Ich werde niemals darauf warten, daß mir einer von ihnen in die Arme fällt. Ich werde noch höher klettern.

Ich klettere so hoch wie möglich meinen Baum hinauf, schürfe mir Hände, Knie, Füße auf. Ich zerreiße mich für ihn, obwohl ich friedlich unten am Boden bleiben und in aller Ruhe im Garten umherspazieren könnte. Umherspazieren, spielen. Oder Mama beim Staubwischen helfen und aufpassen, daß den vielen kleinen Gegenständen, diesen niedlichen Dingen, die mit uns zusammenleben, uns freundlicherweise Gesellschaft leisten, nichts passiert. Sie haben bestimmt auch ihre kleinen Geheimnisse. Da bin ich mir sicher. Aber sie behalten sie für sich. Ich hoffe, es bereitet ihnen nicht allzuviel Kummer, uns pausenlos um sie herumkurven zu sehen.

Der Wind streift schon wieder hier vorbei. Er sucht etwas oder jemanden. Vielleicht diese Dinger, die sich verstecken, als wären es Ölfe. *Ölfe?* Das sind Wölfe, die keine Wölfe sind, doch die den Wölfen ähnlich sind. Allein der Gedanke daran! Wenn man nicht achtgibt. Zum Glück ist der Himmel blau, blau, blau und leicht, so leicht: Er ist da, ohne dazusein, eine große Freude, ein großes Vertrauen machen ihn hoch und weit. Die Stunde der Ölfe kann warten.

Dort ist das Haus der Mutter. Hier das Haus des Vaters. Drinnen bin ich ebenso geborgen wie im Licht vor oder hinter mir. Und da hinten ist der Wald, ganz ohne Gräser, nur Heidekraut, Brombeerranken und wilde Blumen. Er ist nirgendwo, dieser Wald mit seinen Ölfen, die nur darauf warten herauszukommen, herumzulaufen, dir nachzusetzen. Ich weiß nicht so recht, welche Art Vater ich habe und was er täte, um mich zu beschützen. Ich spüre es mit geschlossenen Augen, wenn er da ist, dann bebt etwas in mir. Was gäbe es Stärkeres als ...

Als das Leben?

Momentan ist Mama, Mama mit ihren Lidern wie Rosenblütenblätter, Mama mit ihrer Schönheit, alles, was ich habe.

Eine Mama zu sein und dazu so schön zu sein, geht das überhaupt?

Ich verstehe Papa, wenn er sagt, daß ich ein Kind der Liebe bin. Was er immer für Sachen sagt! Er sieht mich erröten und sieht, wie es mir feuerrot bis unter die Haarwurzeln steigt. Er sagt es, er blickt mir in die Augen, lächelt und sagt es. Wie nah alles ist, und wie fern.

Selbst die Höhe, in der ich mittlerweile angekommen

bin und wo ich mich verstecke. Selbst die winzigen Geräusche, die Löcher in die Stille machen. Ganz zu schweigen von den Augen, die dich durchbohren, wenn du selbst gerade damit beschäftigt bist, woandershin zu sehen. Und der Blick eines Papas, der nicht da ist. Die Bäume sind die einzigen, denen es niemals zuviel wird, dazusein. Deshalb liebe ich sie auch so sehr. Was gäbe es Wichtigeres als…

Aber die Hoffnung bringt es vielleicht noch fertig zu sterben, und du dann gleich mit. Dann muß man wissen, wohin man sich wendet. Man kann den Himmel befragen. Er muß nicht unbedingt schwarz vor Wolken sein; das kommt schon einmal vor, aber nicht unbedingt. Nimm ein Stück von diesem Himmel, schön sauber, schön klar. Leg es dir aufs Herz, wenigstens einen Tag lang. Es wird dir den Weg weisen.

Wohin der Weg dann führt, das ist eine andere Geschichte. Ich weiß es natürlich, ich werde es vielleicht mal der Katze erzählen, aber ich werde es nicht über die Dächer schreien.

Man ist gefangen, ja, und manchmal sogar in seiner eigenen Stärke. Immer in irgend etwas. Etwas, dem man, wenn man ihm entwischt, nicht sehr lange entkommt. Im Nu hat es dich wieder eingefangen und die Türe zugesperrt.

Mich wird es nicht wieder einfangen. Ich würde Berge umwerfen, wenn sie sich mir in den Weg stellten. Nebenbei bemerkt, in meinem Land gibt es weder solche Berge noch irgendwelche anderen. Aber Mama, die hat an manchen Tagen einen Blick, der aussieht, als käme er zwischen Gitterstäben eines Gefängnisses hervor. Sie findet den Ausgang nicht mehr. Sie hat alles vergessen, baut ihr Verlies, dreht den Schlüssel um, wirft ihn durchs Guckloch und vergißt, daß sie es getan hat. Mama, Mama, vergiß nicht, daß du es bist. Wo bist du, Mama? Ich rufe dich! Wo bist du?

Mama ist hinreißend, sie erzählt zum wiederholten Male: … *Und dann bin ich in diesem Wartesaal. Auf welchem Flughafen? In Ost-Berlin? Nein, in Poznán. Es ist gräßlich kalt! Der polnische Winter. So trostlos wie ein Faß ohne Boden. Ich hatte schon einige Winter da unten zugebracht. Aber früher. Ich habe noch nie so viel Zugluft, so viel gefrorene Gurken und verschrumpelte Äpfel auf den Karren der fliegenden Händler erlebt, und so viele schmuddlige Vorhänge gesehen, die im Wind der sich öffnenden und schließenden Türen wehen. In den Läden und Cafés auf dem Fußboden ein Matsch aus Elend und Schnee. Irgendwo in einem verlorenen Hinterhof ein, zwei Keller voll beißendem Rauch, und überall dieselben Gerüche, dieser Geruch von Reinjak, dieser Geruch der unvermeidlichen Zwei-Zloty-Kuchen, die alle gleich schmecken: erstens nach Mehl, zweitens nach Zucker; das eine ist Rind, das andere Kuh. Unechte Pelzmützen, so hoch wie Topfkuchen. Ausschnitt aus einer Theaterszene. Ein blonder Kerl, der singt, als sänge er dagegen an, daß alles über ihm zusammenstürzt. Er hat so wenig Zähne, daß auch da die Luft durchgeht. Er beginnt mit leicht näselnder Stimme:*

Sterne, die will ich nicht
Meere, die will ich nicht

will nur Polen, will nur Polen und Kartoffeln,
groß, ja groß wie eine Faust.

Schlaf, Kindlein, schlaf,
deine Mutter ist nach Pariiis...!

Die Stimme steigt bei diesem »Pariiis...!« dermaßen mitleiderregend an, daß es allen ganz warm wird. Die Plastikstiefel schlagen im Rhythmus auf den Boden, zertreten den Matsch aus Elend und Schnee. Wir sitzen im Warmen. Halten unser rosarotes sowjetisches Schlafwagenbillett in der Hand: Moskau–Paris; eine Reise im Pyjama, erstanden für grüne Dollars, lächelnde Köpfe mit grünen Zähnen, grüne Preise zum Kurs von zweihundert Zloty pro Dollar!

Schlaf, Kindlein, schlaf,
Mama ist nach Pariiis...!

Und Mamuschka teil ringsum ein engelreines Lächeln aus. Solange sie ihre Geschichte erzählt, passiert etwas mit ihrem Gesicht. Es ist dann nur noch ein Freudenfeuer, aber das allein ist es nicht, es passiert noch etwas anderes mit ihr.

Am Flughafen von Poznán also. Im Wartesaal. Ich nippe an meinem Tee. Die Lautsprecher – gibt es in Poznán überhaupt Lautsprecher: bestimmt nicht –, nein, ein Angestellter der LOT gibt bekannt: »Infolge der schlechten Witterung fallen heute die Flüge nach Warschau aus. Die Reisenden werden gebeten, sich zum Bahnhof zu begeben, dort können sie dann ihre Flugtickets eintauschen. Der Zug fährt um zehn Uhr dreißig.«

In die Reisenden kommt Bewegung, sie stehen auf, suchen ihr Gepäck zusammen, halten nach einem Taxi

Ausschau. Sehen unruhig auf die Uhr. Unterhalten sich, werden ungeduldig. Ich übernehme schließlich die Leitung der Gruppe von Geschäftsleuten, die ich begleite.

Und schon sind wir im Taxi. Wenig später im Zug, wenig später in unserem Abteil. Ein dicker Ingenieur mit einer Pelzmütze wie Puschkin bietet mir Schokolade an. Aber wieso hat er denn noch seine Mütze auf dem Kopf: sind wir denn nicht schon jeder an unserem Platz im Zug? Vermutlich weiß er es nur noch nicht. Oder aber ich irre mich.

Wir sind natürlich in unserem Abteil, denn er hat ja seine Schokolade mit mir geteilt. Und in diesem Augenblick... Nein, nein, daß auch ich im Zug sitze, ist völlig ausgeschlossen, ich habe mein Ticket ja nicht umgetauscht. Während ich die Schokolade lutsche, fällt es mir wieder ein, fällt mir meine Handtasche wieder ein, die Tasche mit allem, was drin ist, inklusive Ticket. Ich sehe sie vor mir, wie ich sie über die Lehne meines Stuhls im Wartesaal des Flughafens gehängt habe. Sie ist noch dort! Ich habe sie dort vergessen! Und dazu meinen Paß, meine Dollars, meine Finnmark. Adieu, Reise nach Paris!

Ich schließe die Augen. Ich traue mich nicht, es den anderen zu sagen.

Ich kaue weiter auf meiner Schokolade herum, als wäre es Papier, Gummi oder sonst irgendwas. Ich werde einfach so abfahren, na und. Es wäre verrückt zu hoffen, die Handtasche an so einem Ort noch wiederzufinden oder sich überhaupt die Mühe zu machen, sie zu holen. Dollars werden von niemandem verschmäht; hier nicht – und nirgendwo sonst. Und mein Paß?

Vielleicht sollte ich es trotzdem einfach mal versuchen.
Sie erzählt und erzählt. Ich habe festgestellt, daß sie, je öfter sie diese Geschichte erzählt, und dieses Mal ist wieder einmal mehr, um so mehr die Dinge mit den Wörtern

wegwischt, das ist ihr schon passiert. Es bleiben nur noch die Wörter übrig, man hört nur noch ihr Geräusch und wartet darauf, wie sie sie wohl sagen wird. Man kann nichts tun für diese Wörter, die schon so oft ausgesprochen wurden, gar nichts kann man für sie tun. *Ich fliege durch den Gang des Waggons. Zwei Stufen, ich nehme sie mit einem Satz; der Bahnsteig, der Ausgang und davor ein Taxi. Unser Taxi, so ein Glück! Aber ich habe keinen Pfennig bei mir. Weder Papiere noch Gepäck. Und der Zug? Wenn er inzwischen abfährt? Keine Ahnung, wie spät es mittlerweile ist, noch nicht mal das. Was haben sie gesagt: Abfahrt zehn Uhr dreißig? Mein Gott, wie spät es wohl ist? Ich frage den Taxifahrer.*

»Viertel nach zehn«, antwortet er unbekümmert. »Wohin will die Pani denn?«

Ich umklammere meine Handschuhe.

»Zum Flughafen.«

Das ist alles, woran ich mich noch klammern kann. Ich halte mich an diesen Handschuhen fest, als wären sie mein Geld, mein Paß, meine Uhr, die Zeit, die mir noch bleibt. Sie sind meine Zügel. Los, los, schneller, schneller!

»Kommt die Pani nicht eben erst vom Flughafen?«

»Ich muß noch mal zurück, und schnell, bitte.«

Rot stiert mich der Nacken des Chauffeurs über seinem Sitz, über seinen Schultern an. Er sagt:

»So ein Hundewetter.«

Zum Glück ist die Stadt klein. Zum Glück ist es Sonntag vormittag, und die Straßen sind leer. Sieh einer an, ich weiß immerhin, daß es Sonntag ist.

Die Flughafenbaracke ist in Sicht. Ich rufe dem Taxi zu, während ich zum Eingang renne:

»Warten Sie auf mich.«

Keiner da. Mein Tisch, mein Stuhl, wo sind sie? Da hinten. Nein, noch weiter hinten. Meine Handtasche hat sich nicht von der Stelle gerührt! Randvoll mit schönen Dollarnoten. Gerettet. Jetzt kann der Zug ruhig abfahren… Ich stürze trotzdem zum Taxi, erzähle dem Fahrer, was passiert ist. Und lasse ihn an den Dollars schnuppern. Und mit einem Mal jagt er seine alte Pobieda wie einen Pfeil durch das öde Poznán.

Ich komme noch rechtzeitig am Bahnhof an. Meine Reisegefährten sind sprachlos. Ich lache, weine, breite mein Geld auf dem Tischchen des Abteils vor ihnen aus. Der Zug bebt beim Anfahren ganz sachte. Ein Vogel, den man für tot gehalten hat und der wieder zu sich kommt.

Das ist vor langer Zeit passiert, lange vor meiner Geburt. Mama erzählt von ihrem Abenteuer. Die Tränen steigen ihr in die Augen. Aber sie lacht auch dabei. Wie sehr ich sie liebe, wenn sie so lacht mit diesen tränennassen Augen und dabei den Kopf zur Seite legt. Mama ist noch nicht alt genug, um zu versuchen, jünger zu wirken. Sie tut überhaupt nichts dafür. Sie bleibt auch so jung. Eines Tages vielleicht, wer weiß, dann… Aber hoffentlich so spät wie möglich. Im Augenblick sieht sie so jung aus! Papa, der ihr zuhört, ohne daß ihm ein einziges ihrer Worte entgeht, ohne daß er seine Wolfsaugen von ihr abwendet, sagt ihr nie, daß sie uns diese Geschichte schon erzählt hat.

Ich bin gern allein. Am allerliebsten allein. Ich merke gar nicht, wie die Zeit vergeht. Ich denke überhaupt nicht daran.

Wenn ich allein bin, bin ich nie allein. Mit diesen ganzen Riitas, Maja-Lenas, Anikkis und Eevas kann ich überhaupt nichts anfangen. Neulich hätte Mama sie unter dem Vorwand, daß sie meine Klassenkameradinnen sind, gern zum Kaffee eingeladen. Ich wollte aber nicht. Wir haben schließlich Ferien.

Lieber als alles andere ist mir die Gesellschaft von allem, was es im Garten gibt, an erster Stelle die Bäume. Manchmal treffe ich dort auch diese Fremden, die *Haïoks.* Manchmal, nicht immer. Weil ich keine Angst vor ihnen, vor keinem Fremden habe, sind wir Freunde. Sie bringen mir Sachen bei, ich bringe ihnen andere bei, und dabei erzählen wir uns alle möglichen Geschichten. Ich erzähle meine immer ganz schnell, denn mit ihnen hat man nie genug Zeit, auch nicht, um neue Geschichten zu erzählen.

Wenn Papa nicht bei uns ist, dann vergessen die Haïoks an keinem einzigen Tag zu kommen. Ohne daß ich sie suchen muß. Es genügt zu warten, sie vergessen einen nicht. Aber jetzt, wo er bei uns ist, lassen sie sich seltener blicken. Wer weiß, ob Papa vom vielen Verschwinden nicht auch noch einmal ein Haïok wird, und vielleicht noch mehr Haïok als die anderen: einer von denen, die man nie kennenlernt, denen man nie begegnet? Vielleicht. Wir werden ja sehen.

Jedesmal, wenn er wieder fortgeht, lieber Gott, wie die Welt dann plötzlich überquillt vor Dingen und Leuten, die man nicht gerufen hat! Die Leere dessen, was zu voll ist. Mit meinen Fremden, meinen Haïoks, die dann wieder auftauchen, kann ich nicht sagen, daß ich allein wäre. Aber Mama, die läuft dann auf einmal nur noch umher und weiß nicht wohin. Noch einsamer sieht sie aus, wenn sie still auf einem Stuhl sitzt, die Hände ineinandergelegt. Dasitzt und nachdenkt. Als ob sie man weiß nicht was verloren hätte und sich die ganze Zeit daran zu erinnern versuchte. Als ob sie sich selbst verloren hätte und sich nicht mehr wiedererkennen, sich nicht mehr auskennen würde in dieser Welt, einer Welt, die sie gleichzeitig mit Papa, mit sich selbst, mit mir und allen anderen verloren hat. Wenn ich sie so sehe, habe ich im Mund einen Geschmack wie von grünen Stachelbeeren.

Ich streune durch den Garten und weiß nicht recht, was ich zu entdecken hoffe. Da sind die Alleen und zwischen ihnen Rosenstöcke, Feuerdorn, Kiefern, Birken, grasbewachsene Stellen, ein Garten, der sich im Wald verläuft, der sich am Ende der Welt verliert. Der Garten weiß wohl, daß er mein Garten ist; der Wald weiß es nicht. Auf diesen Wegen, von denen der eine in den anderen mündet, fühlt man sich wie jemand, der... erwartet, sich selbst zu begegnen, alldem, was jeder von uns sucht.

In der Erwartung dieses Augenblicks dehnt sich das Tageslicht grenzenlos, die Ruhe grenzenlos, der Sommer grenzenlos. Alles ist grenzenlos. Die Stille und der Ruf eines Vogels. Und auch die Zeit. Das geschieht aber nur von Zeit zu Zeit. Und im Sand der Wege entdeckst du Spuren von Schritten, du weißt nicht, wessen Schritte es sind, aber auch sie sind grenzenlos. Du sagst dir: »Meine

Fußabdrücke sind das nicht.« Aber wem sonst sollen sie denn gehören? Meine Fremden hinterlassen, wenn sie kommen, keinerlei Spuren, niemals, obwohl sie ja wissen, daß sie bei mir zu Hause sind und daß sie zum Singen und Spielen gekommen sind.

Manchmal verstecke ich mich hinter einer dicken Kiefer, und dann rufe ich: »Fangt mich doch, wenn ihr könnt!« Nur so, um zu sehen, ob sich die Fremden wohl zeigen.

Aber am meisten Spaß macht es den Haïoks und mir, Geschichten zu erzählen. Komische Geschichten, bei denen man sich kugelt vor Lachen und dabei wiehert wie ein Pferd, das ertrinkt. Unser Lachen ist manchmal so laut, daß Mama aus dem Haus kommt und besorgt fragt:

»Lyyli Belle, was hast du denn, daß du vor Lachen so brüllst, so ganz alleine, wie eine Verrückte?«

Ich bin nicht verrückt, Mama. Du weißt nur nicht. Du weißt gar nichts. Ich presse mir die Hand auf den Mund, ersticke das Gegurgel, das noch immer aus meiner Kehle aufsteigen will.

Sie bleibt einen Moment auf der Türschwelle stehen, dann verschwindet sie, mit einer Miene, als würde sie gerade gefoltert. Sie ist eben nicht mehr in dem Alter.

Ein wenig vorsichtiger sind wir nun, ich und die Haïoks, psst, psst, im Schutz der Rosenstöcke, mehr aber auch nicht.

In diesen Sommerwochen wird es die ganze Nacht lang nicht Nacht. Bevor irgendwer auch nur ans Aufstehen denkt, bin ich, hopp, schon unterwegs! Ich warte nicht den Morgen ab, um hinauszugehen, zu den Haïoks und den Feen, die so hell sind wie der Tag. Sie alle sind schon lange vor mir da, wenn ich in den Garten komme. Sie drehen sich lautlos zwischen den Bäumen, schweben umher, ohne die Nacht aus dem Schlaf zu reißen, die mit offenen

Augen träumt. Und während sie aneinander vorübergleiten und einander verfolgen, reihe auch ich mich ein in den Reigen, ganz leicht auf meinen bloßen Füßen. Ich habe aufgehört, die Erde zu spüren. Ich habe aufgehört, meinen Körper zu spüren.

Und im Haus schlafen die, die ich liebhabe. Ich tanze für sie, tanze, um sie vor aller Gefahr zu bewahren, tanze, daß sie sich nicht selbst zum Unglück werden. Die Nacht ist schön und schimmert, und ich denke an die Meinen. Ich denke und tanze. Ein wirbelnder Lufthauch, rasch, rasch, ehe die Stunde des Tages schlägt, ehe das Morgenrot sich den Flaum aus den Flügeln schüttelt.

Ganz hoch oben, über der Nacht, schwebt wie ein milchiger See der Himmel... Ich erhebe das Gesicht zu ihm, um seine Kühle zu spüren, seine Vergebung zu erlangen. Auch für die Meinen bitte ich um Vergebung. Danach kann dann ruhig der neue Tag anbrechen, erst unmerklich weiß, dann, von den Rändern her, weiß und weißer. Und in die sich öffnenden Augen kehrt der Blick zurück mitsamt einem grellen, stechenden Licht, und die Sonne scheint hell auf Garten und Haus, wo jetzt niemand mehr schläft.

Im Augenblick aber tanze ich. Solange ich tanze, ist es Nacht. Und in dieser nachtlosen Nacht wird es keinen Augenblick lang Nacht sein. Ich tanze, bis ich den Kopf verliere. Ich verliere meinen Namen. Ich heiße nicht mehr. Der Name ist die Lampe, die dein Gesicht erleuchtet, aber ihr Licht kann ebensogut dein wahres Gesicht verdecken und nur eine Maske beleuchten. Was ist mehr Ich: mein Name oder ich? Wenn ich mit mir spreche, dann spreche ich mich nicht an, ich sage nicht: *Lyyli Belle, jetzt spreche ich mit dir.* Ich brauche keinen Namen, um zu wissen, daß ich mit mir spreche. Ich bin namenlos. Ich bin nur ich.

Aber andererseits ist diese Nacht eine Nacht, die durch

ihr Geheimnis gefährdet ist, durch ihre zu große Sanftheit, ihre Helligkeit. Du ohne Namen, du, Lyyli Belle, tanze und lächle auf diesem stummen, einsamen Fest. Du fühlst, wie du ein wenig ins Leere atmest, das hält dich in Atem, dein Ohr lauert auf die Trompeten, die von überallher explodieren würden, wenn man sie nur ließe. Eine Erwartung, die sich niemals erfüllt.

Kein Ding soll sich vor dem anderen fürchten. Wie ein sprudelnder Quell wird dein Licht sich aus sich selbst erschaffen, weder hell noch dunkel, bis zu dem Moment, da der Tag anbricht. Dann wirst du ihm leise zum Abschied winken, während der Vogelgesang bis in die Wipfel der Bäume steigt, die im Licht der Sonne glühen. Rasch, ehe das neue Licht dich taumeln macht. Beeil dich, tanz noch ein wenig. Geh weit hinaus in die Zeit, Lyyli Belle, weit an ihren Ufern entlang und antworte Blick für Blick den hellsichtigen Augen ihres Flusses. Er wird dir ein Geheimnis anvertrauen. Ein Geheimnis nur für dich allein.

Dann komm zurück.

Und ich komme zurück, zurück auf die Wege der Erde. Es wird bald Tag. Ich betrachte alles, und alles schweigt. Ich gehe weiter, ich betrachte, die Stille dauert an. Man kann nicht vorhersehen, von woher das erste Geräusch kommen wird, welches Blatt sich als erstes bewegen wird. Ich bin eher unglücklich als glücklich.

Konzentriert zeichnet sie mit der Spitze ihres Halbschuhs, während sie sich bedächtig dreht und ihr die Haare über die Augen fallen, in die sandigen Kiesel vor unserem Haus einen großen Kreis. Eine Angelegenheit, die im Nu erledigt ist. Und dann…

Dann? Richtet sie den Kopf auf, schüttelt sich die Mähne aus dem Gesicht, heftet einen lachenden Blick auf mich. Kommt auf mich zu mit diesem Blick, packt meine Hand, zieht mich vorwärts. Sie läßt mich die Kreislinie überschreiten, die sie in einem Rutsch gezogen hat, und achtet darauf, daß ich genau in der Mitte zu stehen komme. Sie selbst verläßt daraufhin den Kreis und stellt sich an den Rand.

Da steht sie nun und betrachtet mich mit dem zufriedenen Blick, den man hat, wenn man einen wertvollen Gegenstand endlich in Sicherheit weiß. Ich muß übrigens gestehen, daß ich mich so geborgen fühle wie noch nie, oder jedenfalls wie nur selten zuvor.

Vom Rand des Kreises, den ihre geschlossenen Füße berühren, befiehlt sie mir:

»Hol deinen Block hervor, Papa.«

Ohne jede Widerrede ziehe ich aus einer meiner Taschen das Heft, in das ich meine Notizen zu kritzeln pflege: alles mögliche, eine Gedächtnisstütze.

»Und jetzt schreib, was ich dir sagen werde:

Sie schlüpft in ihr weißes Kleid
Doch nicht um zu heiraten
Sondern um sich schlafen zu legen.«

Ich bin fertig. Ich beobachte sie und warte.

»Fertig?«

Ich nicke.

»Und nun schreib:

Er hat vier Füße
Aber er geht nicht.«

Jetzt wartet sie auf mich. Ich löse den Blick von meinem Heft, und sie sogleich:

»Mach weiter:

Sie sind zu zweit
Und laufen hinter der Zeit her.

Aber die Zeit
Läuft schneller als sie.«

Während sie mir diese rätselhaften Worte diktiert, läuft sie um den Kreis herum, hält immer wieder inne. Bei einem dieser Zwischenstops gebietet sie mir:

»Schreib das noch:

Er hat Zähne
Aber er beißt nicht.

Er packt dich an den Haaren
Und du sagst nichts.«

Immer größer werden die Spiralen, immer weiter die

Kreise, die sie dreht, und von da, wo sie jetzt ist, verlangt Lyyli Belle: »Jetzt lies vor, was du geschrieben hast.«

Ich lese.

»Gut!« sagt sie, nicht ohne einen gewissen feierlichen Ernst.

Und verkündet:

»Es ist zu Ende. Du kannst da jetzt wieder raus.«

»Da raus?«

Durch ihr Herumgekreisel hat sie sich ziemlich weit von mir entfernt. Von ihrem Platz aus sieht sie mit aufmunterndem Kopfnicken zu mir her:

»Du kannst jetzt da raus. Ja.«

Ja: das ist schnell gesagt, und ich würde es auch gerne. Ich bin mit deiner Hilfe in diesen Kreis gelangt, mein Mädchen. Wie könnte ich da ganz allein wieder hinaus? Eine unbezwingliche Kraft hält mich hier fest, etwas, wogegen ich machtlos bin. Eine Flamme, an der ich mich verbrennen werde. Eine unsichtbare Mauer aus Luft, eine Mauer aus Tod.

Ich ringe mir einen Hilferuf ab:

»Komm und gib mir die Hand, Lyyli Belle. Du mußt mich hier herausholen. Du bist die einzige, die das kann.«

Ich strecke ihr den Arm entgegen. Ihre Augenbrauen heben sich bis unter die Ponyfransen, ihre Augen weiten sich, ein Licht tanzt in ihnen, wie immer, wenn etwas sie mit Freude erfüllt.

»Wie? Du kannst da nicht alleine raus?«

»Nein.«

»Was spielst du denn jetzt für ein Spiel, Papa?«

Sie überstürzt sich fast, ihr Gelächter schwirrt um sie herum. Sie fällt mir in die ausgebreiteten Arme.

Ich werde aus dem Kreis herausgeführt. Mein Blut rauscht noch immer wie ein von ferne dröhnender Sturzbach.

Aber ich in befreit. Ich fasse mich.

»Jetzt bist du dran«, sage ich. »Du nimmt meinen Platz ein und hörst zu, was ich dir zu sagen habe.«

Sie gehorcht, und ich baue mich am Rand des Kreises auf, so wie sie es vorhin gemacht hat. Ich verkünde:

»Wenn du immer das Licht sehen willst und nie die Finsternis, dann lauf ununterbrochen weiter in Richtung Sonnenuntergang, denn weit im Westen geht die Sonne nur unter, um gleich darauf wieder aufzugehen. Weit im Westen ist der Osten. Ein himmlischer Osten.«

»Wie schön du das gesagt hast, Papa! Wie schön!«

Lyyli Belle klatscht Beifall und hüpft auf der Stelle. Dann beruhigt sie sich wieder.

»Aber dann«, sagt sie, »darf man ja nie stehenbleiben, wenn man die ganze Zeit über Licht sehen will.«

»Nein, nie.«

Mit so hingerissenem wie verträumtem Gesichtsausdruck, den Blick verklärt vom immerwährenden Licht, das schon vor ihrem inneren Auge schwebt, fragt sie nach einem Moment des Schweigens:

»Sollen wir das mal ausprobieren, irgendwann?«

»Warum nicht?«

Ich ertappe mich dabei, wie auch ich von einer Sonne träume, die niemals die Augen schließt, von einem *maghreb,* der zum *maschreq* würde.

Ich verscheuche die Vorstellung und fahre fort:

»Weiter geht's: Soll man nach deinem Namen fragen? Sinnlos. Soll man nach deinem Alter fragen? Sinnlos. Wo wohnst du? Woher kommst du? Sinnlos. Was kann man über die Person sagen, die man am besten kennt? Nichts. Und über eine Person, von der man gar nichts weiß? Auch nichts. Man kann die eine wie die andere ansehen. Ich sehe dich an. Du tust, was du tun mußt. Genauso: Die Person, die man nicht kennt, tut nur das, was sie tun muß.«

Lyyli Belle versucht zu argumentieren:

»Aber Papa ...«

Dann hält sie plötzlich inne, ihre Züge verkrampfen sich. Sie denkt mit sichtlicher Anstrengung nach, so sehr, daß es ihr schon weh tun muß.

Ich bleibe still, zwinge mich zu ein wenig Geduld.

Schließlich murmelt sie:

»Lieber Gott, wird es denn immer, immer... so sein? Wann hört das endlich auf? Wann höre ich auf, diese Person zu sein, der man die ganze Zeit dabei zusieht, wie sie tut, was sie tun muß, und wäre ich auch eine andere?«

Sie ist, ich merke es wohl, den Tränen nahe. Aber nicht mir haben ihre Worte gegolten.

Trotzdem antworte ich nach einiger Überlegung:

»Wenn du aus diesem Kreis heraustrittst und anfängst, älter zu werden. Man wird nie älter, solange man in einem Kreis gefangen ist.«

Mit einem einzigen Satz springt sie über die Grenze, die niemand anders als sie selbst gezogen hat, wirft sich keuchend gegen mich.

»O Papa! O Papa!«

Nach ihrem Höhenflug ist sie nun wie von selber wieder zu mir heruntergefallen. Ich hebe sie auf. Blicke sie prüfend an. Mir scheint, ich sehe sie heute zum ersten Mal. Doch von woher kehrt dieses Kind in diesem Augenblick zu mir zurück? Aus welchem Exil, welch finsterem Abendland?

Inmitten des Kreises hat das Antlitz des Grauens uns vor sich befohlen, hat uns sekundenlang ins Auge geblickt. Eine Sekunde länger wäre eine Sekunde zuviel gewesen.

Ohne uns abzusprechen, in stillschweigendem Einverständnis, beginnen wir beide, Lyyli Belle auf ihrer Seite, ich auf der meinen, mit beiden Füßen die Konturen des

Kreises zu verwischen, der in sandigen Kies geschrieben war. Bald sind alle Spuren beseitigt. Wir sind schon lange darüber hinaus, uns verständigen zu müssen, mit einer Bewegung eines zu tun.

Auf die Bäume klettern, auf einen der Bäume steigen, wenn man nicht mehr weiterweiß, wenn man jemanden braucht, der einem hilft, und keiner da ist, der einem zu Hilfe kommt: Dann bringt man sein Leben hoch oben, über den Blicken der anderen, in Sicherheit.

Ich glaube, es wird immer viele geben, die einen nicht aus den Augen lassen. Viele Leute. Viele Dinge. Und der Tag ist eine Mauer aus Feuer, aus bloßem, weißem Feuer. Ich presse beide Hände an den Hals, um nicht zu ersticken. Ich versuche in das Land zurückzukehren, das ich, ohne es zu wollen, verlassen habe. Dort gibt es immer einen Unterschlupf für mich.

Aber da ist auch dieser Traum, der zum Alptraum wird. Immer dann, wenn man überall Leute und Dinge sieht und wenn man sich selbst nicht mitten unter ihnen sieht. Wenn man sie reden hört, ohne sich selbst zu sehen, sich selbst zu hören. Was für ein Schrecken! Das Leben kommt einem kaum noch erträglich vor, dabei ist es schon unerträglich genug.

Kikki gefällt mein neues Kleid nicht. Dabei hat Papa es mir aus Paris mitgebracht. Kikki hat es mir von hinter den Rosenbüschen zugerufen, die rund um den Gartentisch und die Sitzbänke wachsen. Er hat sich nicht hervorgetraut. Er hat nur gesagt, das Kleid sei nicht schön. Das hat er gesagt. Aber er lügt. Es ist ein sehr schönes Kleid, blau mit einer Heckenrose vorn auf der Brust.

Ich begreife nicht, was mit ihm los ist. Seit einiger Zeit verhöhnt er alles an mir. Alles, was mir gefällt. Das macht ihm jetzt Spaß: mir den Spaß zu verderben, so oft er nur kann.

Ob er vielleicht eifersüchtig ist? Dabei tue ich alles, um ihm Freude zu machen! Früher war er nicht so, wie er jetzt plötzlich vorgibt, sein zu wollen, falls er überhaupt weiß, was er sein will.

Seit einiger Zeit schon weigert er sich zum Beispiel, neben mir zu laufen, wenn wir mit Mama oder Papa, oder auch mit beiden zusammen, spazierengehen. Er hält sich weit vor oder hinter uns, wobei er immerzu nach unten blickt und ein Gesicht aufsetzt, als werfe er allen, und mir an allererster Stelle, alles vor. Er, der früher so nett, so freundlich war. Ein Engel, der jetzt ein Teufel ist, er trotzt der ganzen Welt, ist immerzu bockig zu mir. Nur der Teufel kann in seine Haut geschlüpft sein, wo er einem nur noch üble Streiche spielt.

Denn mir kann er doch nichts vormachen. Warum spielt er denn jetzt so oft auf diese Art Gespenst, taucht plötzlich vor dir auf und ist schwupp! wieder weg, auch wenn man ihn noch so sehr ruft, nach ihm sucht, ändert das nichts. Und warum verfolgt er mich manchmal und beginnt, ohne sich blicken zu lassen, ganz leise zu kichern, soviel er nur kann. Was für ein Benehmen: Ich sehe mich um, wer sich da so offensichtlich über mich lustig macht, und kein Kikki. Vereinzelte Lacher, hier und da ein Prusten, das ja. Und je mehr ich mich umsehe und umdrehe, um so mehr lacht und prustet es, und nie bekomme ich ihn zu fassen.

Wenn er mich und meine Gesellschaft nicht mehr will, warum bleibt er mir dann so auf den Fersen? Manchmal, das schwör ich, ist es gar nicht mehr lustig.

Was führt er denn jetzt wieder im Schilde? Er weiß, daß

ich auf diesem Baum hier hocke. Kein Wunder: Er weiß alles, sieht alles. Kommt also hierher, sagt kein einziges Wort, nimmt Anlauf und rennt mit dem Kopf gegen den Stamm hier, in der Hoffnung, den Baum umzuwerfen. Als wäre er ein Stier oder ein ähnlich starkes, furchterregendes Tier, er, dieser Winzling.

Natürlich bebt der Baum ein wenig, so heftig wie Kikki zustößt, aber er hält dem stand, steht fest verwurzelt in der Erde. Und Kikki rennt immer weiter mit dem Schädel gegen den Baumstamm, obwohl ich ihm zurufe, daß er aufhören soll, und dieser Idiot, als ob ich mit einem Tauben spräche, macht immer weiter und greift stur den Baum an, der sich nicht von der Stelle rührt, auch wenn er ein wenig durchgeschüttelt wird.

Jetzt verstehe ich, was er vorhat: sich den Schädel aufzuspalten wie eine Nuß. Ich rufe noch lauter, damit er endlich aufhört, immer lauter rufe ich. Aber er hört einfach nicht. Er hört nur seinen Schädel, der gegen den Baumstamm knallt. Wenn überhaupt!

Ich springe auf die Erde, werfe mich auf ihn, umklammere ihn mit beiden Armen. Jetzt habe ich ihn, glaube ich. Nichts da, ich habe nichts als Luft umarmt, er ist schon wieder weg. So ein Idiot!

In Wahrheit ist er mir nur entwischt, um gegen einen anderen Baum anzurennen. Dieses Spiel hat er sich heute morgen ausgedacht. Und so heftig geht er auf den Baum los, daß er zurückprallt und rücklings auf den Boden purzelt. Ich platze vor Lachen, ich kann es nicht unterdrücken. Was ihn nicht davon abhält, wieder aufzustehen und weiter zu toben, als hätte er die Tollwut.

Unglaubliche Kräfte wachsen ihm zu. Aber er stößt und stößt, und der Baum rührt sich nicht. Er stößt sich noch einmal den Kopf ein.

Ich laufe los, um mich zwischen ihn und den Baum zu

werfen. Er wechselt die andere Seite und stößt weiter zu, sein Kopf knallt gegen den Stamm. Es ist entsetzlich. Kein einziger Laut kommt aus seinem Mund, der Baum gibt ihm jetzt die Stöße zurück, und ich brülle: »Aufhören! Aufhören! Es reicht!«

Aber er will diesen Baum offenbar umwerfen. Da hat er sich geschnitten, wenn er glaubt, daß ihm das gelingt. Der Baum steht aufrecht und gleichmütig da. Aber wollte Kikki sich selbst zerstören, ihm könnte nichts Besseres einfallen!

Niemand darf jemals so etwas tun, keiner hat das Recht, sich selbst übelzuwollen. Nicht mehr jedenfalls, als anderen übelzuwollen. Und Kikki macht noch immer mit aller Kraft weiter. Kleine blutige Tränen kullern nun über seine Stirn, tropfen ihm allmählich in die Augen. Dann noch ein Stoß, und er fällt hintenüber.

Mit einem Satz bin ich bei ihm. Doch er hat sich schon hochgerappelt. Im ersten Moment glaube ich, er wird weitermachen, weiter gegen den Baum anrennen. Aber da ist er schon weg, hat sich in Luft aufgelöst. Verschwunden, wie nur er zu verschwinden weiß, wann immer er will und dorthin, wo, wie gewieft man auch sei, niemand ihn je einholen kann.

Ich werde ihn nie wiedersehen. Ich weiß es.

Ich behalte meinen Kummer für mich. Was nützt es, offen zu zeigen, daß man leidet? Wo ist Kikki jetzt? Was wird aus mir, was wird aus der Welt ohne ihn? Alles, was es hier rundherum gibt, ist für ihn verloren: verloren die Bäume, das Blau des Himmels in ihrem Haar. Verloren die Blumen. Ihre hübschen Farbtöne. Ihre Heiterkeit, ihr Stolz. Alle Zärtlichkeit der Erde. Alles verloren. Warum? Was sonst wollte er denn noch? Welcher Wahnsinn hatte sich in seinem Holzkopf eingenistet?

Ich klettere wieder auf meinen Baum und warte. Ich

warte, daß er mir mit seinen Baumworten erklärt, warum und woher das alles kommt. Was, wie, warum, und so weiter. Falls er versteht, was geschehen ist, und falls es etwas ist, das sich in Worte fassen läßt. Er muß es wissen, er müßte es wissen. Denn es könnte ja noch einmal passieren.

Ich werde für eine Weile nicht mehr nachdenken. Werde mich ganz still verhalten. Ich glaube, dann wird es besser gehen. Ich fühle mich immer noch wie von Meereswellen hochgehoben, in der Schwebe, kein bißchen beruhigt durch das, was sich da unten, wie ich vermute, zusammenbraut, was vielleicht noch einmal aufbrausen und die Welt hinwegschwemmen könnte. Meine Gedanken flattern wie aufgeregte Schmetterlinge um meinen Kopf. Ist es wirklich nötig, daß diese Dinge passieren? So viel Leid! Ich habe den Eindruck, daß mich immer alles, was passiert, durcheinanderbringt.

Muß man mit geschlossenen Augen durch alles hindurch? Mit geschlossenen Augen und geschlossenen Ohren? Mama liebt Papa leidenschaftlich, viel zu sehr, und Papa liebt sie ebenso. Und doch sind sie niemals einer Meinung. Ich weiß es. Der eine vermeidet, es dem anderen zu sagen, und ich glaube, sie gestehen es nicht einmal sich selber ein.

Lieber Gott, lieber Gott.

Mit geschlossenen Augen, geschlossenen Ohren, geschlossenem Mund, durch alles hindurch, an allem vorbei, und da sagt man, es geht alles vorbei, auch das Leid?

Ich laufe hin und her, um einen Weg, den ich verloren habe, wiederzufinden. Um vielleicht jemanden auf diesem Weg zu finden, jemanden vielleicht, der sich selbst verloren hat. Und wenn ich mich nun verloren hätte. Ich kehre um, habe nichts gefunden, versuche es in einer anderen Richtung. Als wollte man einen verlorenen Traum wiederfinden, wollte zurückfinden in ihn: Man sucht nach einem Einlaß und vergißt darüber, was man eigentlich verloren hat. Die Stille dieser Bäume, dieser Birken, eine erstaunliche Stille. Ich weiß nicht recht, was ich davon halten soll. Sie sind verdächtig still. Sehen seltsam aus, als wüßten sie mehr, als sie sagen wollen. Ich traue dem Frieden nicht. Ich bleibe stehen, lausche, lauere. Nein, ich traue dem Frieden nicht.

Papa sagt immer: »Wenn die Wahrheit nicht wie eine Mauer ist, die man mit den Fäusten und dem Kopf, mit Krallen und Klauen und mit allem, was man zum Hauen und Schlagen hat, aufbrechen muß, dann ist es nicht die Wahrheit.« Na ja, das war es wohl, was Kikki dazu gebracht hat, gegen diesen Baum zu kämpfen. Er hat wohl geahnt, daß ein Baum auch eine Wahrheit sein kann. Daß er lange genug durchhalten kann, um eine Wahrheit zu sein.

Und meine Wahrheit, wo ist die? In meinem eigenen Licht und in dem, das die Sonne heruntersendet, ein nacktes Etwas, und diese nackte Wahrheit kleidet einen besser als die eigenen Kleider. Dieses Etwas, das sich im Moment nicht offen zeigt, nicht zum Durchatmen kommt, das den Atem anhält, die Luft einzieht. Und wenn es wirklich eine Mauer ist, dann ist es eine, die dich mit offenem Herzen empfängt.

Ein lächelndes Licht, jetzt, in diesem Augenblick, über und über leuchtend. Ich weiß jetzt, was ich suche, und mit mir weiß es mein Blick und mein Herz. Dies und das. Dies und das, und es ist schön, tut mir gut. Und schon gehe ich nicht mehr, berühre die Erde nicht mehr mit den Füßen, ich fliege. Papa sagt immer, daß ich ein Herzauge bin. Er versteht, wie er das meint. Und ich verstehe ihn.

Ich springe jetzt wie ein Zicklein umher, ich laufe, werde gar nicht müde. Und wenn ich plötzlich anhalte, mich gespannt aufrichte, dann ist es nur, um meinem Schatten Zeit zu lassen, mich einzuholen. Ich bin glücklich, und er ist es auch, nehme ich an. Ich spüre seine Gegenwart im Rücken. Wie ich, bewegt auch er sich nicht, sagt auch er nichts. Doch ich brauche nur den kleinen Finger zu bewegen, und schon bewegt auch er den kleinen Finger, ich brauche mich nur nach rechts zu wenden, schon wendet auch er sich nach rechts, und nehme ich meinen Lauf quer durch den Garten wieder auf, schon nimmt auch er seinen Lauf wieder auf. Ich sehe das nicht, ich errate es.

Wie ein geflügeltes anderes Ich, das immer in Höhe des Erdbodens schwebt. Ich habe nur meine Füße.

Ich stehe noch immer, drehe mich nicht um, ich will nicht, daß er denkt, ich spionierte ihm nach. Ich bin hier und er dort. Übrigens habe ich ihm auch gar nichts zu sagen. Ich glaube nicht, daß ich mich vor ihm fürchten muß. Ob er einmal ganz und gar ich wird, wenn ich tot bin oder im Sterben liege? Ob ich das irgendwann mal erlebe? Jemals erlebe? Ich brauche dann niemanden um

Hilfe zu rufen, ich lasse meinen Körper im Bett zurück und gehe mit ihm zusammen weg. Und dieses eine Mal nicht ich vorneweg und er hinterdrein. Seite an Seite werden wir gehen. Vergessene Wege, Traumwege, an die man sich einst zu erinnern suchte. Was man vergessen hat, und nun wundert man sich, wie man das so leicht vergessen konnte. Ich werde ihn ansehen und wissen, ich habe den richtigen Weg eingeschlagen, werde meine Gedanken einsammeln und dorthin gehen, wohin jeder von uns zu gehen hat, wo jeder von uns erwartet wird.

Die Vögel lärmen schon die ganze Zeit wie die Verrückten. Sie raufen sich die Federn, aber nur zum Spaß. Sie spielen, daß sie sich gegenseitig Angst einjagen, und stoßen Schreie aus, als hätten sie wirklich Angst. Und ich fliege dir nach, fliege über dir her. Mein Herz macht es wie ich, fliegt mit ihnen und schreit wie sie. Das tut es für all jene, die keine Stimme haben, und selbst für die, die eine haben. Es schaut umher für all die, die auf der anderen Seite leben und keine Augen haben, und für die, die welche haben. Man kann ihm vertrauen. Ich weiß, was es sieht: all das Bemitleidenswerte, Blinde und Stumme, das mit einem Schlag aufhört, es zu sein, und nicht länger bemitleidenswert ist. Wie mein Herz, bin auch ich ihnen allen Schwester und Bruder: den Bäumen, Blumen, Schatten, Lichtern und Tieren wie den Igeln und sogar den Steinen. Sogar den Steinen, ich habe keine Angst, das zu sagen.

Ich habe übrigens vor gar nichts Angst. Weil ich mir nämlich auch selber Schwester und Bruder bin. Wir werden unser Leben lang zusammenbleiben, vielleicht hundert Jahre lang. Gar nicht so übel, diese Idee: Hände, Beine, Körper, die ganze Zeit über zusammen, hundert Jahre lang! Einer dem anderen treu ergeben. Ich bin voller Liebe für sie, diesen Bruder und diese Schwester, die ich bin. Ich kann sogar sagen, daß es für mich nichts Schöneres gibt.

Diese Schwester, dieser Bruder, immer für dich da, bereit, dich zu stützen und zu beschützen. Vor allem abends, wenn die Geräusche schwächer werden, in einem dunklen Teich zusammenströmen, in dem sie erst sich selbst ertränken und dann die Welt mitsamt den Häusern, den Autos, den Pflanzen und den Menschen. Jedoch nicht den Himmel und auch nicht die Sterne, die kommen, um sich im Teich zu spiegeln, um zu entdecken, wie schön sie sind, während aus der Dunkelheit andere Geräusche dringen, die kein Mensch kennt. Geräusche, bei denen man sich fragt, ob sie nicht über Asche gleiten und ob die Nacht, die sie begleitet, nicht auch ein See, aber ein sehr viel dunklerer ist, der die Geräusche wie eine Schleppe hinter sich herzieht, und dann noch dahinter alle Seen des Landes, so viele, wie es gibt! Und ob sie alle zusammen nicht ihrerseits den Himmel und seine Sterne als einen Spiegel betrachten, der sich in einem anderen Spiegel betrachtet. Dann wüßte man plötzlich nicht mehr, wer wer ist.

Ich habe schon einige dieser Seen gesehen! Sie schauen dich mit der Traurigkeit jener an, die nichts für dich tun können. Wer weiß, was für ein Bild sie sich von uns machen und ob sie sich später noch daran erinnern oder uns gleich wieder vergessen?

Papa hat keine Seen in seinem Land, aber er hat Berge.

»Überall Berge«, sagt er.

Wir haben hier keinen einzigen Berg. Wir wissen gar nicht, was das ist, ein Berg.

»Ein Berg ist höher als alles, was es gibt«, sagt er. »Ein Berg ist das Allerhöchste, was stehenbleibt und Platz wegnimmt.«

Unsere Seen bleiben immer liegen, aber auch sie nehmen Platz weg, gerade so, wie die Leere Platz wegnimmt, ziemlich viel Platz. Bei uns hat man so viel Leere, wie man nur will, so viel Platz, wie man will. Und dazu diese Seen, die wie ein großes Licht sind, und man hat immer Angst, daß es einmal bricht.

»Den Berg kann nichts zerbrechen, der Berg ist hart, er ist dick, er läßt kein Licht durch«, sagt Papa.

Unsere Seen sind Wasser und Licht gewordenes Schweigen.

»Der Berg ist ein großer, riesiger Lärm, den man aber nicht mit den Ohren wahrnehmen kann.«

Ich höre ihm zu, wie er von seinen Bergen erzählt, ich glaube, ihren Lärm zu vernehmen, und ich denke an die Vollkommenheit der Stille, an die Vollkommenheit des Lichtes unserer Seen. Und wenn man dann noch die Vollkommenheit unseres Schnees hinzufügt...

Aber werde ich wenigstens einmal einen Berg zu Gesicht bekommen, und womit läßt sich der dann wohl vergleichen?

»Und jenseits der Berge«, sagt Papa, »liegt die Wüste.«

Die Wüste?

»Die Wüste«, sagt Papa, »ist die Wüste. Sand und sonst nichts.«

Wenn Papa so mit mir spricht, nehme ich seine Hand und lege sie mir an die Wange. Das fühlt sich hart und zart zugleich an. Ich spüre die Wärme seiner Haut, die Wärme dieser Wüste, aber auch die Frische meiner Haut, die die Frische unseres Schnees ist. Ich bewahre sie in mir auf, für die Momente, in denen er nicht bei uns ist. Danach brauchen wir keine Worte mehr.

Sie taucht in der Tür zum Dachzimmer auf, wo ich gerade am Schreibtisch sitze. Aufgemacht wie eine Inselschönheit, mit einem Blütenkranz im Haar, der freilich nur aus den goldenen Blättern besteht, die die Birken – schon jetzt! – im Garten verstreuen. Sie kommt auf mich zu. Ich hebe den Kopf und sehe ihr entgegen.

Ein Blick genügte um festzustellen, daß sie, statt einen Kranz zu flechten, die runden Blätter zusammengenäht hat, um sich daraus eine Haube zu machen. Ich bin keineswegs überrascht. Schon immer hat sie eine ausgeprägte Vorliebe für Verkleidungen gehabt. Sie lächelt unter ihrer goldenen Kappe und sagt kein einziges Wort. Sie steht einfach da, und sie lächelt, ganz Waldmädchen, ganz Jägerin, die es hierher, zu uns, verschlagen hat.

Und hinter den Fenstern der Wald, die Natur, die ihr geheime Signale senden, sie sei hier falsch, habe sich verirrt, sei aus Versehen hierher geraten. Und das ganze Blattwerk wispert und bebt nur für sie. Ein Vogel flötet aufgeregt, vermutlich warnt er sie: »Du bist unter menschliche Wesen geraten, du bist nicht in deinem Element!« So hat er wohl schon im Paradies geredet, ehe es dort Menschen gab, die die Atmosphäre vergifteten.

Lächelnd und zurückhaltend, nicht im geringsten eingeschüchtert, rückt sie schließlich mit ihrer Frage heraus, die so schwerwiegend ist, wie ich gleich merken werde, daß sie bei mir nach einer Antwort sucht:

»Papa, stimmt es, daß es uns nicht gäbe, wenn das nicht jemand gewollt hätte?«

Eine ernste Frage, in der Tat.

»Das stimmt. Wie bist du denn dazu gekommen, dir...«

Sie übergeht meine Äußerung, verfolgt ihren Gedanken weiter.

»Dann gibt es mich also, weil du das so gewollt hast.«

»Und das mit aller Kraft, Lyyli Belle.«

»Aber jetzt gibt es mich für immer. Selbst, wenn ich einmal tot bin. Du kannst mich nie mehr dahin zurückschicken, wo ich hergekommen bin.«

»Nein, und ich habe auch keineswegs die Absicht, das zu tun.«

»Ich hoffe nur, du hast keine andere Art von Tochter haben wollen, nachdem du mich gesehen hast.«

»Nicht im geringsten. Ich habe nur dich gewollt. Keine andere.«

»Solltest du dich geirrt haben, ist es jedenfalls zu spät.«

»Du bist so etwa das einzige in meinem ganzen Leben, bei dem ich mich nicht geirrt habe.«

»Stimmt sie auch, diese Lüge?«

»Ehrenwort.«

»Na gut.«

Dieser Blick, den sie auf mir ruhen läßt, während sie die letzten Worte äußert: ein Schatz, der einem anvertraut wird, ein außerordentlich kostbarer, unersetzlicher Schatz.

Mitsamt ihrer goldenen Blätterhaube ist sie schon wieder abgeschwirrt zu ihren Geschwistern, den Geistern der Luft. Aber im Zimmer hängt noch immer der Pflanzenduft, den sie mitgebracht – und hier zurückgelassen – hat.

Als sie nach einer Weile wieder erscheint, ist sie nicht mehr das Mädchen aus den Wäldern, sondern nur noch

Lyyli Belle, die ich zu begrüßen habe. Kein goldener Helm mehr, nur noch dieses Haar, das ihr wie ein brauner Sturzbach über den Rücken rieselt und vorn über die Augen fällt, Augen, die viel zu groß für sie sind.

Sie hat ihren entschiedenen Blick, und ich sehe sie kommen. Sie wird mich wieder mit Fragen bestürmen, wird versuchen, mich in Verlegenheit zu bringen, wie sie es so gut kann und auch nicht zögert, es zu tun, sobald sie nur eine Gelegenheit sieht.

»Papa, sag mal, warum tanzt du nicht, wenn Mama mit dir tanzen will?«

Teufel noch mal, darauf war ich nun wirklich nicht gefaßt!

»Darf ich dich darauf hinweisen, mein Mädchen, daß wir beide hier ganz alleine sind und daß es hier weder Musik noch die Mama zum Tanzen gibt. Aber wir zwei können gerne tanzen, selbst ohne Musik, das macht ja nichts. Hast du Lust, wollen wir?«

Ich raffe mich von meinem Schreibtisch auf und strecke ihr die Arme entgegen.

Einer ihrer Mundwinkel verzieht sich verächtlich.

»Darum geht es doch gar nicht. Du weißt ganz gut, was ich meine.«

Durch den Tonfall erteilt sie mir eine Abfuhr. Die Waschmaschine, die ihre Mama unten angestellt hat, rumpelt vor sich hin. Ich spitze die Ohren. Die Mama ist vermutlich meilenweit davon entfernt zu denken, daß jemand einen Stock höher für sie sprechen könnte – sie, die so gut für sich selber spricht, ohne die Unterstützung anderer zu benötigen. Nur dieses Geräusch, sonst nichts. Der erste Schwung Wäsche wird schon fertig und draußen im Garten zum Trocknen aufgehängt sein.

»Papa, ich rede mit dir! Warum tanzt du nicht mit Mama, wenn sie mit dir tanzen will?«

Wer meint, Lyyli Belle ließe von ihrer Beute ab, wenn sie sie erst einmal zwischen den Zähnen hat, der kennt sie schlecht. Meine Antwort war eine Ausrede und hat sie kaum befriedigen können. Ich weiß, sie wird es nicht dabei bewenden lassen. Was mich, nebenbei gesagt, weder wunderte noch ärgerte. Und jetzt sehen wir mal, wie es weitergeht. Teufel, Teufel, ob es mir wohl gelingt, meinen Kopf aus der Schlinge zu ziehen?

»Gibt es etwas in deiner Religion, das dir zu tanzen verbietet oder so?« bohrt sie weiter.

Unter ihren Worten lauert die Ironie.

Ich bleibe würdig.

»Nein, in meiner Religion heißt es: ›Wer den Tanz liebt, lebt in Gott.‹«

»Gut«, sagt sie lobend. »Aber wenn das so ist, warum . . .«

»Weil ich eben nicht tanzen kann, mein Mädchen. Ganz einfach.«

»Ich glaub' dir nicht. Jeder kann tanzen.«

Das Urteil, das sie mir entgegenschleudert, duldet keinen Widerspruch. Dazu dieser ungläubige Gesichtsausdruck, mit dem sie mich eindringlich mustert. Und wenn die eigentliche Frage eine ganz andere wäre?

Wenn hinter dieser Frage nun eine andere stünde, die nur den passenden Moment abwartete, sich hintenherum ins Freie zu schlängeln? Ich kenne doch meine Lyyli Belle. Sie bereitet ihren Auftritt sorgfältig vor, holt weit aus, ehe sie zum Eigentlichen kommt.

Ich beobachte unablässig ihre Hand, die parallel zum Mund erläutert und erklärt und mit Gesten, die nicht minder beredsam sind, in vollkommenem Gleichtakt die Wörter begleitet. Die eigentliche, alles entscheidende Frage sucht noch ihren Weg durch die Wörter, ich spüre es, und findet ihn nicht, findet jedenfalls nicht die richtigen Wörter, findet weniger gute, weniger taugliche, nicht so geeignete, um dieser Frage auf der Suche nach einem Ausgang eine Chance zu geben. In Lyyli Belles Kopf dreht sich ein Mühlrad.

Aber ihr leuchtender Blick tut sein möglichstes, um zu lächeln. Er möchte betören. Und ich widerstehe ihm nicht, ich ergreife im Flug ihre Hand und schüttele sie kräftig:

»Alles in Ordnung?«

»Mit mir schon. Aber mit dir ist nicht alles in Ordnung.«

Trotzdem überläßt sie mir weiterhin ihre Hand, eine zarte, nachgiebige, weiche Hand.

Dann zieht sie sie wieder zurück und seufzt:

»Nein, ich verstehe es wirklich nicht.«

»Ich auch nicht.«

»Du bist nicht hier, um zu tanzen, ist es das?«

»Aber nein.«

»Was denn dann?«

Immer diese Fangfragen, die sie wie sonst niemand beherrscht und mit denen sie einen strahlenden Auges kunstvoll in die Enge treibt, es zumindest nicht unversucht läßt.

»Ich habe einfach nicht tanzen gelernt«, sage ich. »Und dann ist das hier weder der Ort noch der Augenblick.«

Von unten klingt eine halblaut geträllerte Melodie herauf. Ein gewissermaßen nach innen gerichtetes Lied, eins dieser Lieder, die gewisse Gedankengänge begleiten.

»Wie dumm, mein Junge, zu glauben, das hier sei kein Ort, um zu tanzen.«

»Ich habe es nie gelernt. Ich habe Angst, lächerlich zu wirken.«

»Du redest nur dummes Zeug. Ich habe dir doch gesagt, daß man, um zu tanzen, nicht wissen muß, wie es geht.«

»Mein dummes Zeug tut doch niemandem weh.«

»Doch. Der Mama.«

Eine plötzliche Angst packt mich beim Gedanken daran, was sie als nächstes sagen könnte, beim Gedanken an die Beschuldigung, die aus ihrem Mund kommen könnte.

»Der Mama?« sage ich. »Sie ist doch da unten und singt, hör doch.«

»Weil man innen drin weint, singt man oft.«

»Also wirklich, Lyyli Belle.«

Großmütig beruhigt sie mich:

»Reg dich nicht auf. Jetzt gerade singt sie, weil sie glücklich ist.«

Und mit ihrem verschmitztesten Gesichtsausdruck fügt sie nachdrücklich hinzu:

»Ich weiß es.«

Sie blickt mich triumphierend an, mit diesem Lächeln in ihrem Blick, das ihre Augen wie Sterne blitzen läßt, die aus Übermut mit der Maus Katze spielen. Und dann, endlich, der entscheidende Tatzenhieb:

»Du solltest aber tanzen!«

Irgendwo in mir ist ein wunder Punkt getroffen. In ihr, wenn ich nicht irre, auch. Sie kennt kein Pardon.

Sie fragt:

»Kann man einen zwingen, jemanden liebzuhaben?«

Da ist sie, die wahre Frage, die schon so lange aus ihr herauswollte.

»Nein, ich glaube nicht, daß das geht, mein Mädchen.«

»Kann man sich selber zwingen, jemanden liebzuhaben?«

»Auch nicht.«

Ihre nächsten Worte lassen mir das Blut in den Adern erstarren.

»Wenn du es satt hast, uns liebzuhaben, darfst du dir jemanden anderen aussuchen.«

Ihre Stimme hat leise gezittert.

»Jetzt bist du es, mein Mädchen, die dummes Zeug daherredet.«

»Ist mir egal.«

Dieselbe Stimme, wieder fester geworden, doch gegen Ende des Satzes klingt sie belegt. Aber Lyyli Belle wendet den Blick nicht ab: um zu verhindern, denke ich, daß ihre Augen sich mit Tränen füllen.

Trotzdem laufen die Tränen über, wie sie da so vor mir steht, und kullern lautlos über ihre Pfirsichwangen.

Das Herz im Schraubstock, beschwöre ich sie:

»Lyyli Belle, warum?«

Ohne ein Wort dreht sie mir den Rücken zu und verläßt den Raum.

Ich sehe ihn mir an, diesen Mann. Das ist weder ein Mann – ich meine, keiner von denen, die man auf der Straße trifft – noch sonstwas anderes. Noch sonstwas anderes, weil ich, wenn ich ihn ansehe, das Gefühl habe, mein eigener Blick sähe mich an. Ist es das, was einen Papa ausmacht? Selbst das Schweigen ist kein Schweigen zwischen uns. Und wenn er nicht redet: In meinem Kopf höre ich ihn trotzdem reden. Und auch er wird mich in seinem Kopf reden hören. Mich pausenlos mit ihm reden hören.

Selbst wenn er fort ist, ist er nicht weg. Ich erwecke ihn zum Leben, indem ich mit ihm rede. Er ist weit fort, dort unten, wohin er immer wieder zurückkehrt, aber er ist nicht verloren.

Im Augenblick schläft er, kein einziges Geräusch dringt aus ihrem Zimmer, Mamas und seinem Zimmer. Dieses Zimmer war einmal auch mein Zimmer. Das ist jetzt vorbei, ich schlafe nun in der Küche in diesem altmodischen Bett, das ein bißchen zu groß für mich ist, aber nicht zu groß für meine Beine, die länger geworden sind und nicht so aussehen, als wollten sie damit aufhören. Morgens, wenn man den Deckel zuschlägt, wird daraus eine nette Sitzbank.

Wenn ich liege, so wie jetzt, sehe ich direkt auf ihre Schlafzimmertür. Sie ist ganz schwarz. Und am Fußende meines Bettes ist noch eine Tür, sie führt hinaus auf den Treppenabsatz.

Mein Bett von früher, ein kleines Gitterbett, in dem ich sozusagen auf die Welt gekommen bin, stand auf der anderen Seite der schwarzen Tür, im Durchgang: einer Art Nische. Aber seit ich hier bin, ist es weg. Lieber Gott, was ist aus mir geworden? Ich habe schon alles von früher vergessen.

Auf jeden Fall brauche ich zumindest dieses andere Bett, um meine langen Beine unterzubringen. Ich kann sie von hier aus sehen, ohne aufstehen zu müssen. So lang sind sie geworden. Man hört keinen Laut von der anderen Seite, Papa und Mama schlafen gut in ihrem Zimmer, das jetzt nur noch ihnen gehört. Aber auf meiner Seite habe ich den Wald. Ich kann ihn im Liegen mit dem Blick umfangen, ihm zuhören. Sie nicht.

Ich denke an diesen Wald, eine reglose Masse, die ganze Zeit da und zugleich irgendwie nicht da. Eine andere Welt, er kennt nur sich selbst, sollte man meinen, und sonst gar nichts. Kein Weg führt in ihn hinein, außer im Tanz. So mache ich das jedesmal. Man ist trunken vor lauter Freude, zwischen den Bäumen zu tanzen, trunken von der Schönheit dieser Einsamkeit.

Die Vögel zwitschern nur manchmal im Unterholz, sie zetern nicht so wie in den Gärten. Ein Piepser hier, ein Piepser dort, ganz verstohlen, mehr nicht, dann warten sie. Auf eine Antwort? Manchmal kommt sie. Manchmal nicht. Und dann von vorn. Um besser hören zu können, rolle ich mich auf den Bauch, ohne den Blick vom Fenster zu lassen. Unterdessen segeln die Wolken über den Tannen und Kiefern dahin und streicheln deren Gefieder, als hätten sie es mit großen Vögeln zu tun. Ich laufe im Geist zwischen den Bäumen entlang, in denen noch die Nacht mit ihrer Feuchtigkeit sitzt. Tiefes Atmen ringsherum, überall schnauft es im Nebel.

Ich glaube, da sind noch andere, die zwischen den Bäumen Fangen spielen, auch Kinder sind dabei. Aber ich weiß nicht, was für Kinder das sind. Um ihnen zu zeigen, daß ich nicht als letzte dazugekommen bin, laufe ich weiter von Baum zu Baum.

Vor allem zur Zeit der nachtlosen Nächte lebt der Wald seinen Traum. Wie sie, diese Kinder, komme auch ich vor in diesem Traum, gehe mit kleinen Schritten über taunasses Moos, halte den Atem an, weil irgendwo Lippen wunderschöne Dinge murmeln. Nächte, in denen die Bilder der Welt versinken und abwesende Bilder aufsteigen lassen; abwesende, weil sie erst dann erwachen, wenn die Gegenwart Zukunft und Vergangenheit vergißt und nichts bleibt als das Flüstern des Wassers und der im Sand trocknenden Gischt.

Zwischen den beiden, Mama und Papa, ist heute nacht alles gutgegangen. Ich habe sie nicht reden hören wie in gewissen Nächten, in denen sie sich, ohne die Stimme zu erheben, heiser diskutieren. So lange, bis ich darüber einschlafe, die Splitter ihrer verletzten Worte noch im Ohr, dann schlagartig wieder zu mir komme und noch immer höre, wie die Krallen ihrer Worte an der Dunkelheit kratzen. Mama ist voller Vorwürfe, er beklagt sich nie.

Einer wird wohl in den Armen des anderen liegen, so daß sie eins und einig sind. Ich bin so froh über diesen Frieden einer Nacht, daß sie einander verziehen haben. Ich bin nicht mitten in der Nacht weinend, um und für sie weinend, aufgewacht.

Hier, in meiner Küche, meinem Bett, dessen Deckel man immer hochgeklappt lassen muß, wenn man nicht wie in einem Sarg schlafen will, fühle ich mich wohl, ich strecke nach Lust und Laune die Beine aus, die jetzt so lang sind, daß sie fast zur Tür und selbst zum Haus hinaus wollen. Den Kopf ins Kissen gekuschelt, bleibt mir nur, vor lauter Glück zu seufzen.

Ich bin schon auf, schon angezogen, und sobald ich Papa aus dem Bad kommen höre, laufe ich ihm entgegen. (Mama bringt es immer irgendwie fertig, noch vor mir aufzustehen.) Und während er sich anzieht, frage ich ihn:

»Papa, wie hattest du noch gesagt, sagt man dort unten bei dir über die, die gern tanzen?«

»Dort unten bei mir sagt man: ›Wer den Tanz liebt, lebt in Gott.‹«

»Dann lebst du aber nicht in Gott.«

Einen Arm im Hemdsärmel, den anderen völlig vergessend, hält er mitten in der Bewegung inne.

»Und warum, mein Mädchen? Erklär mir das mal, falls ich es überhaupt begreifen kann.«

»Du tanzt doch nicht gerne.«

»Ich glaube nicht, jemals gesagt zu haben, daß ich nicht gern tanze. Ich glaube, ich habe eher gesagt, daß ich nicht tanzen kann.«

»Ach du, du legst dir doch immer alles zurecht, so wie es dir gerade paßt. Das läuft doch aufs selbe hinaus.«

»Das läuft aufs selbe hinaus? Ich lege mir immer alles zurecht?«

»Ja, so wie es dir gerade paßt. Denn wenn man etwas gern mag, kann man das, was man mag, auch tun.«

»Vielleicht hast du recht, Lyyli Belle. Aber darüber muß ich erst nachdenken.«

Er schlüpft mit dem anderen Arm in den anderen Ärmel.

»Dann solltest du aber schnell nachdenken. Wenn ich nun recht habe? Natürlich habe ich recht. Also lebst du nicht in Gott.«

»Vielleicht hast du schon wieder recht.«

Ich bringe ihm seine Hausschuhe, er streift sie sich über die Füße. Ich nehme ihn bei der Hand. Ich führe ihn, und er führt mich in die Küche.

»Aber das macht nichts«, sage ich.

Mama wartet schon auf uns und das Frühstück auch.

»Bist du sicher, daß das nichts macht?« fragt er mich.

Und in meinem Innersten denke ich: aber natürlich. Ich sage mir: Das alles ist gar nichts, und selbst wenn es viel ist, so hat es doch keine Bedeutung. Nichts hat mehr große Bedeutung, sobald ich Papas Augen sehe, Augen wie lebende Steine, Edelsteine, unter deren Blick ich spüre, wie ich größer und schöner werde. Ruhig sind sie, bleiben ruhig zu jeder Zeit. Und doch haben sie in ihrer Ruhe etwas Verschlingendes. Aber sie lächeln dich an. Und du denkst, daß dir nichts Besseres passieren kann, als daß sie dir ihr Lächeln schenken. Und umgekehrt nichts Schlimmeres, als daß sie dich zurückweisen. Denn dann kann ruhig alles verschwinden, kann ruhig die ganze Welt untergehen.

Ja, Lyyli Belle, du hast Angst, daß so etwas passieren könnte. Und sie, so ruhig, so zärtlich und strahlend, leuchten in ihrem Licht über dir. Und es ist, als schlüge im Herzen des Lebens noch ein anderes Herz. Ich weiß nicht, wie ich es ausdrücken soll. Ganz nah bei dir und doch anderswo, so wie er selbst – er, der andauernd woanders und doch hier ist. Man muß mit dieser Freude leben und mit dieser Traurigkeit, und nicht immer weiß man, wie.

Kikki! Ich weiß doch, daß du da bist. Warum kommst du denn nicht raus?«

Doch warum überfällt mich plötzlich so eine Art Schauder? Ein Schauder, für den es keine Worte gibt, der, kaum da, schon wieder weg ist. Nein, bei mir muß es schon schlimmer kommen, Kikki, ich werde es dir beweisen.

Und ich höre mich mit fester Stimme wiederholen:

»Nun zeig dich doch endlich. Wovor hast du denn Angst?«

Als spräche ich zu diesen Köpfen, die eingesperrt in ihre Rahmen sind. Und die so aussehen, als zwinkerten sie sich mal eben zu, sobald du sie nicht mehr ansiehst, und manchmal sehen sie auch so aus, als ob sie sich insgeheim unterhielten, Köpfe, die plötzlich wieder starr und reglos sind.

Nicht anders die kleinen Porzellanfiguren auf der Kommode. Und alles, was am Kopfende des Elternbettes auf dem Sims aufgereiht ist: seltsame große Muscheln, eine phönizische Öllampe, die Papa irgendwann mitgebracht hat, ein Granatapfel, der schon so verschrumpelt ist wie eine Mumie, und was weiß ich nicht noch alles, Stapel von Büchern, ein alter Bronze-Halbmond... Als hätte ich mich an sie gewandt, sie, die garantiert wie die Elstern schwatzen, sobald keiner mehr da ist, der sie hören kann, und die sich jetzt mit Unschuldsmienen davor hüten, den Mund aufzutun.

Wenn ich wenigstens mein Herz davon abhalten könnte, zu flattern wie die Wäsche im Wind. Dieser Kikki! Wird von Tag zu Tag gemeiner. Selbst wenn er es nicht wollte, er könnte schon gar nicht mehr anders. Würde mich nicht überraschen, wenn ich jetzt, auf der Stelle, den übelsten seiner Streiche zu befürchten hätte. Nur weil ich das Zimmer eingehend untersuche und nichts Besonderes feststellen kann, bildet er sich wohl ein, daß ich nicht an so etwas denke.

Ich spüre ihn, er ist ganz in der Nähe. O, und ob ich ihn spüre! Aber ich werde einfach weiter meine Bilder malen, Papa ist hinausgegangen, und ich habe seinen Schreibtisch in Besitz genommen.

Und da, plötzlich, bruchbumm, kracht ein Bücherregal zusammen! In der tiefen Stille des Hauses hört mein Herz fast zu schlagen auf. Das ist er. Kikki!

Mama von unten: »Was ist los, Lyyli Belle? Machst du diesen ganzen Lärm?«

»Nichts ist los, Mama! Ein paar Bücher sind vom Regal gefallen. Ich stelle sie wieder zurück.«

Wenn ich ihr sagte, was wirklich los ist: Sie würde es nicht verstehen. Für sie sind die Kikki-Geschichten lange vorbei, ihrer Meinung nach nichts als Hirngespinste, die sie, solange ich noch klein und niedlich war, gerne zum Schein glaubte. Aber heute darf man ihr unter keinen Umständen damit kommen, sie würde sagen, ich sei reif für die Anstalt.

Sie konnte Kikki noch nie leiden oder daß zufällig die Rede auf ihn kam. Ich erinnere mich. Ohne es zuzugeben, hatte sie, hätte man meinen können, eine Heidenangst vor ihm. Jetzt ist kaum der passende Moment, um auf Kikki zurückzukommen.

Kikki, der zwar seit einiger Zeit den Teufel im Leib hat, doch dem offensichtlich alle Wege versperrt sind, der überall nur auf verschlossene Türen stößt. Der Pech hat in allem, was er tut. Der nur mich hat auf der Welt, niemanden kennt außer mir. Was ihn mit Sicherheit nicht freundlicher stimmt, ihn nicht daran hindert, so wie er gerade drauf ist, alles mieszumachen, was er nur miesmachen kann. Er weigert sich sogar, zu mir zu kommen, wenn ich ihn rufe. Er verweigert sich, er verschmäht mich, oder er hört mich einfach nicht. Aber er hat doch nur mich. Vielleicht will er einfach nur sterben. Ich werde immer größer, und er, er will vielleicht sterben.

Ein Kloß, der sich weder herunterschlucken noch ausspucken läßt, sitzt mir im Hals. Und ich zittere, wie ein Blatt, das das herannahende Gewitter spürt. Ist es nicht besser, mit ihm zu sterben? Ich bin schon so groß und er – ist nichts. Lieber Gott, ich komme mir schon vor, als ob ich auf Stelzen liefe, an manchen Tagen wird mir ganz schwindlig davon. Wie lange wird er noch durchhalten können und ich mit ihm? Man kann nicht ewig der Welt den Rücken kehren.

Ich werde auch sterben: Das ist die einzige Möglichkeit. Und ich werde eine Weile so bleiben, bevor ich wieder auferstehe und meinen Platz im Blick von Mama und Papa wieder einnehme.

Unterdessen bin ich zu Mama hinuntergegangen.

»Woran denkst du, Mamuschka?«

Ich habe ganz normal mit ihr gesprochen, ganz ruhig meine Frage gestellt, und sie fährt hoch:

»An nichts!« antwortet sie.

Man hätte schwören können, ich hätte sie dabei ertappt, Dinge zu tun, die kein Mensch tun darf. Und dann, ruhiger geworden:

»An nichts, Lyyli Belle.«

Und sie fährt fort, an nichts zu denken, so wie ich sie angetroffen habe. Und ich bestürme sie mit meinen Fragen:

»Kann Papa tanzen?«

»Ja.«

»Richtig gut tanzen?«

Sie wendet sich vom Garten ab, den sie durch das Fenster betrachtet, oder von dieser Sache im Garten, die sie als einzige sehen kann, oder von einer Sache, die noch weiter weg ist, und dreht sich zu mir um.

»Ja, er kann richtig gut tanzen, wenn er will.«

»Ist das auch wahr, was du da sagst?«

»Ganz bestimmt.«

Und schon denkt sie wieder an nichts, und ich falle vor Staunen aus allen Wolken.

Nein, ich kann es einfach nicht glauben. Neulich hat er gesagt, daß er es nie gelernt, nie gekonnt hat – warum? Und dann war da noch der Tag, an dem Mama ihn zum Tanzen aufgefordert hat. Sie hat ihm die Arme entgegengestreckt, und er ist tatsächlich aufgestanden, ist tatsächlich auf sie zugegangen, hat tatsächlich seine Hände in die ihren gelegt. Aber als es ans Bewegen ging, war es zum Weinen: Jeder Besenstiel hätte mehr Temperament, mehr Geschick an den Tag gelegt als er.

Ich finde keine Erklärung, nur eine Klage in mir, die wütet und weint. Nur eine Leere. Es wird leer um uns herum. Wir beide, im Stich gelassen. Und Papa, dieser wundervolle Papa, der so gut tanzen kann, da sie es doch bestätigt: um ihn herum auch eine Leere, in der er irgendetwas behauptet und sich aufplustert. Papa! Ich kann das nicht glauben. Ich will es nicht glauben.

Väter und Mütter: Blinde, die alles sehen, nur nicht das, was sie sehen sollen.

Ich mußte ins Freie, um atmen zu können, ich bekam keine Luft mehr.

Reglos sitze ich auf der Schaukel zwischen unseren jungen Kiefern; doch die Schaukel schwingt von selbst. Aber nur ganz leise.

In Bewegung, ohne mich zu bewegen, sitze ich da und warte. Ich entdecke Kikki. Er huscht von Baum zu Baum, versteckt sich hinter dem einen, versteckt sich hinter dem anderen und belauert mich.

Ich bin aus Holz. Ich tue so, als wäre mir nicht bewußt, daß jemand in meiner Nähe ist. Und er, läuft bald fort, macht bald kehrt. Ein Wiesel, das herumhuscht, bis es schließlich in die Falle tappt, benähme sich haargenauso.

Während ich, ohne jede Regung, wie angenagelt sitzenbleibe, dringt er mit seinen Annäherungsmanövern fast bis zu meinem Rücken vor.

Auf meiner Schaukel, mit dem leisen Auf und Ab des Bretts, halte ich mich nicht mal an den Seilen fest, weder am rechten, noch am linken. Aber er wird schon sehen, wer hier wen überrumpelt und daß ich nicht dümmer bin als er. Nur ein kleines bißchen näher lasse ich ihn noch heran, so wie ich hier sitze, mit dem leisen Auf und Ab des Bretts.

Und plötzlich drehe ich mich um und brülle los:

»Kikki! Ich habe dich gesehen! Gewonnen!«

Niemand hinter irgendeinem Baum, es ist, als hätte ich nur zu diesen Bäumen gesprochen, zu ihren himmelhoch erhobenen Armen. Als ob, der Himmel unten, ich oben und von ihnen, den Bäumen, eingerahmt, nur die Bäume mich gehört hätten, sie, die doch bloß ihre Plapperköpfe zusammenstecken und aus allen Blättern wispern, zuweilen groß tönen und palavern. Ich weiß nicht, was ich von ihnen halten soll.

So groß und weit der Garten auch ist, er wirkt jetzt

noch größer, noch weiter. Und schwupp! Mit einem Mal falle ich hintenüber. Mit vollem Schwung in die Kiefernnadeln, und einige bohren sich in mich hinein.

Ich bleibe liegen, ohne ein Glied zu rühren, nur meine Augen bewegen sich unablässig, in alle Richtungen, suchend. Ich will sehen und habe Angst zu sehen, Angst, daß das, was es zu sehen gibt, furchtbar sein könnte. Nur ein Blick, und wir sind auf dem Weg zur höchsten Glückseligkeit oder in unser Verderben. Ein einziger Blick, und das Leben wird leicht oder unerträglich. In diesem Moment steigt ein kleines boshaftes Lachen zwischen den Bäumen auf.

Dieses Lachen. Wer hat da gelacht? Ich stehe schnell auf. Lasse die Augen schweifen. Ganz leer, unser Garten: so groß er auch ist. Ach, Kikki, Kikki! Du wirst wohl nie wieder lieb oder vernünftig werden.

Ich streife mir mit beiden Händen die Kiefernnadeln vom Kleid, niemand hat mich fallen sehen. Ich gehe zum Haus zurück, ohne mich auch nur einmal umzusehen. Ich habe nichts mehr in diesem Garten verloren.

II

Die maurische Infantin

Mama steht da, mit erhobenen Armen, zwischen den Zähnen die Haarklammern, und steckt sich ihren Knoten auf. Wie auch sonst jeden Morgen. Wie überhaupt jeden Morgen. Doch seit einer Weile schon rührt sie sich nicht. Eine Statue, die in ihrer Pose verharrt, sich in dem langen vergoldeten Spiegel betrachtet. Eine Statue mit Haarknoten, der sich zur Hälfte um ihre Finger wickelt. Ob sie sich wirklich sieht? Sieht nicht so aus. Was sieht sie dann? Etwas anderes als sich selbst? Sie schaut in den Spiegel und scheint dort etwas anderes zu sehen, man weiß nicht was. Eine andere Welt. Sie steht davor, als wäre sie versucht hineinzugehen. Ahnt nicht, daß ich sie beobachte, wie sie da steht, nicht vor einem Spiegel, sondern vor einer Türschwelle. Sie sieht nichts, sie hört auf den Ruf dieser Tür. Das ist kein Spiegel. Sie sieht sich darin nicht.

Ich errate, daß sie in Bedrängnis ist, aber ich habe keine Ahnung, in welcher Bedrängnis. Ich verstehe nur, daß sie leidet, und ich habe Mitleid mit ihr. Es muß entsetzlich sein, vor einem Spiegel zu stehen und sich nicht darin zu sehen. Und noch schlimmer, etwas anderes darin zu sehen.

Mama, komm zu dir zurück, solange es noch nicht zu spät dazu ist. O Mama! Hör auf mich, hör nicht auf dieses fremde Ding, das deine Aufmerksamkeit fesselt, das dich aus der Tiefe des Spiegels überwacht.

Ich klammere mich an diesem einen Gedanken fest: sie aus ihrer Versunkenheit reißen – heraus aus ihrem Traum –, damit sie ihren Knoten endlich zu Ende steckt. Damit sie die Augen abwendet, sie wieder mir zuwendet. An Geistern herrscht hier wirklich kein Mangel. Es sind schon mehr als genug. So viele, daß sich daneben die gesamte Weltbevölkerung wie eine Gruppe Schüler auf Klassenausflug ausnähme.

Mama, geh weg von diesem toten Tümpel, in dem du versteinert nach deinem Ebenbild suchst und darüber noch verzweifeln wirst.

»Lyyli Belle, wie lange willst du mich noch so anstarren? Du solltest dich mal sehen, die Augen treten dir schon aus dem Kopf. Wenn du so weitermachst, fallen sie heraus, und du merkst es nicht einmal. Los, such dir eine andere Beschäftigung. Fort mit dir.«

Herr im Himmel, diese Stimme, die mich meint, kommt mir direkt aus dem Spiegel, aus dem Unbekannten, aus meiner eigenen Angst entgegengestolpert!

»Ja, Mama.«

Und mit einem Schlag sind sämtliche Geister anwesend, die auf Erden und anderswo hausen, sind mit einem Mal plötzlich da, und sie sind so zahlreich, daß sie die ganze Luft ausfüllen und dir nichts zum Atmen übriglassen.

»Ja, Mama.«

Derart aufgefordert, das Feld zu räumen, ziehe ich mich zurück. Wie dem auch sei, was in diesem Zimmer auch alles passieren könnte, ich will nicht dabeisein. Das ist jetzt kein Zimmer mehr, sondern der Treffpunkt all dieser … besser, man sagt nicht wer. Zu denen, die schon da sind, kommen immer noch mehr hinzu. Aber psst! Und Mama, mit diesem Gesichtsausdruck, den sie hatte, als sie mir, sich halb zu mir umdrehend, riet, mir eine andere Beschäftigung zu suchen, ja, Mama selbst habe ich einfach nicht wiedererkannt. Ich hätte es nicht lange ertragen, sie so zu sehen. Ich war kurz davor zu schreien. Aber ich habe nicht geschrien, wäre dazu nicht in der Lage gewesen, ich hatte keine Stimme mehr. Zum Glück.

Mama. Die ganze Zeit immer nur: Mama, Mama, Mama. Wen meint sie denn damit, mich? Sie ist sich ihrer so sicher. Ich nicht. Ich bin vielleicht ihre Mama, aber ich bin mir dessen nicht so sicher, zumindest nicht ebenso sicher wie sie sich der Tatsache sicher zu sein scheint, daß ich es bin. Sie, *sie weiß es; ich nicht wirklich. Bestimmt werde ich es eines Tages auch wissen, aber wann: Das ist eine andere Geschichte. Eine Geschichte, die sie sich dann erzählen und die ich mir gleichfalls erzählen kann. Und mit ein wenig Glück ist das dann hoffentlich dieselbe Geschichte. Wir werden sehen. Was bin ich denn, selbst hier vor diesem Spiegel? Eine Mama? Daß ich nicht lache. Jemand anders? Nichts oder doch beinahe. Ich bin, was mit mir geschehen ist. Was man aus mir gemacht hat. Bin jemand, den* jemand *aus mir gemacht hat. Bin allenfalls ein Blick oder ein Schlüsselloch, durch das statt des Schlüssels ein Blick hindurchgeht. Bin dieser Blick, der als einziges von mir übriggeblieben ist, dieses Schlüsselloch. Alles andere gehört schon nicht mehr zu mir, das bin nicht mehr ich. Noch ehe man mich verließ, hatte ich mich schon selbst verlassen. Man wird mich also nie wieder verlassen und verlassen und verlassen und immer wieder verlassen können. Ich weiß es, ohne es zu wissen. Ich weiß alles. Seit langem und noch zuvor, immerzu verlassen, zurückgelassen als jene, zu der* er *mich gemacht haben wird: jene, die nicht mehr ich ist. Jene, die nicht mehr sie selbst ist. Jene, die ich schon nicht mehr in diesem Spiegel sehe und die augenblicklich am Ende ist, die diesen Schlag, diese letzte Prüfung nicht überstehen wird. Die zerspringen wird, und unter dem Druck in tausend Scherben zersplittern. Die nichts mehr sein wird.*

Allenfalls dieser Blick wird überdauern, der dich aus jeder Scherbe, die du auf liest, fragend anstarrt, dir aus jedem Splitter des Spiegels entgegenkommt oder... durch ein Schlüsselloch, und das bin dann ich. Und darüber hinaus, darum herum: nichts. Etwas, das nicht existiert, eine Grenzlandschaft ohne Wind, ohne Regen oder Sonne, doch es gelingt dir nicht, deinen Blick von ihr zu lösen. Wie es auch mir nicht gelang, mich von diesem Mann zu lösen. Es mußte erst ein Verbot zwischen uns niedergehen, wie das Fallgitter am Festungstor. Jetzt haben wir nur noch die Möglichkeit, einander von beiden Seiten dieses Gitters anzusehen und nicht die geringste Chance, wieder zusammenzufinden. Meinen Lippen wurde ein Siegel aufgedrückt. Ob auch den seinen, weiß ich nicht. Nicht aber versiegelt ist der Blick, ein stilles Wasser, Wasser, das dahinströmt, ohne je an seinen Ausgangspunkt zurückzukehren, das sich bis zum Horizont hin verströmt und darüber hinaus, dorthin, wo es keinen Horizont mehr gibt. Wellen, die sich überschneiden, sich aneinander brechen, sich bis zur Erschöpfung ineinander verlaufen und immer nur die eine sind, die murmelt: ich. Eine Ewigkeit lang: ich, ich, ich, unter dem wachsamen Auge der Welt. Einem großen Auge, das ab und zu weint und alles Leben in Tränen ertränkt.

Mein allerletzter Ausweg: Laufen. Laufen. Wie diese Wellen. Doch mit über der Brust gekreuzten Armen. Laufen, um in mir drinnen zu beruhigen, was sich weder beruhigen läßt noch lassen will, auf der Suche nach sich selbst ist. Was denken die Wellen, während sie laufen, wo laufen sie hin, was suchen sie wohl? Werden sie das jemals sagen können? Ich für mein Teil schließe die Fensterläden und laufe los, drauflos, stoße gegen Möbel, Türen, Mauern. Und bis hin zu diesem ausgestorbenen Garten ist da nichts, was nicht um ein sterbendes Haus herum stürbe. Dieser Garten, vergessen vom Haus und vergessen selbst von den Winden. Da ist nur noch die Reglosigkeit des Umherirrens und die eigene Finsternis, die ihn und mich heimsuchen. Zurück im Haus, zähle ich die Stufen vom Erdgeschoß zum ersten Stock und vom ersten Stock zum Erdgeschoß. Eine Stufe, zwei Stufen, drei Stufen. Es sind vierzehn. Ich fange von vorne an: eine Stufe, zwei Stufen, drei Stufen. Es sind immer noch vierzehn, es ist nichts anderes zu erwarten. Vielleicht, wenn ich nur ein einziges Mal eine Stufe mehr oder weniger fände…

Und plötzlich sehe ich mich wieder im Spiegel, das bin ganz und gar ich, in Gesellschaft von Kolleginnen aus der Universität. Nur sind auch noch die Freundinnen von der Grundschule mit dabei. Wie ist das möglich, daß wir alle zusammen sind? Eigenartig. Sie sind alle ganz in Weiß, weiße Jeans, weißes T-Shirt, nur ich trage einen alten staubigen Lodenmantel und hochhackige Stiefel. Und das bei strahlendem Sonnenschein.

Wir sind dabei, eine Straße hochzulaufen, die mit großen, unebenen Steinen gepflastert und ganz holprig und voller Schlaglöcher ist. Den anderen scheint das nichts auszumachen, während ich in meinen Stiefeln und meinem pelzgefütterten Mantel die größte Mühe habe nachzukommen, ja auch nur das Gleichgewicht zu halten, von den Schweißausbrüchen, die mich plagen, ganz zu schweigen.

Endlich kommen wir in Blickweite eines dieser Spielzeugdörfer, wie es sie in dieser Gegend gibt. Alte Ahornbäume recken die Äste über rot oder ocker angestrichenen Landhäusern gen Himmel. Ich habe das Gefühl, meine Frisur habe sich aufgelöst, ich bleibe stehen, um mein Haar zu ordnen.

In diesem Moment überholt uns ein junges Mädchen in Mokassins, sie trägt ein blaugeblümtes Kleid, wie ich es be-

sitze. Die Sonne spielt in ihren Locken, welche rötlich schimmern und den meinen ähneln, nur daß sie ordentlich geflochten sind. Sie bewegt sich leichtfüßig und grazil. Für sie scheint es keinen steilen Hang zu geben und keine klobigen Pflastersteine. Im Vorübergehen habe ich ihren Gesichtsausdruck erspäht: ernst, natürlich, gelassen, aber irgendwie auch sehr entschlossen.

Sie schreitet so gleichmäßig dahin, als befände sie sich in einer Prozession. Und doch blickt sie niemals nach vorn, sondern geht mit gesenktem Blick. Schon sehe ich von ihr nur noch den Rücken, ihre Ellenbogen, ihren Nacken, jugendlich, schimmernd. Sanft durchmißt sie die sommerliche Luft, wie eine Heiligenfigur, die von Gläubigen getragen wird. Und plötzlich begreife ich: Sie ist ich, nur jung. Ich, damals, als ich dir entgegenging, dir, den ich so sehr geliebt habe. Sie wird als erste am Treffpunkt sein und ich, ich komme niemals dort an.

Im ersten Moment fühle ich mich niedergeschlagen, doch gleich darauf seltsam ruhig. Es ist, als hätte ich mich entschlossen, dir statt meiner dieses andere Ich zu schicken. Als ob sie meine Botschafterin wäre. Ich sehe mit eigenen Augen, wie mein Bild seinen Weg geht. Nein, es ist mehr als nur ein Bild oder ein Trugbild; ich bin es selbst. Ich selbst, und so viele Dinge kommen in dieser Silhouette zusammen, so viele Gedanken, so viele Hoffnungen, soviel Liebe, daß es mir nicht gelingt, meinen Blick davon zu lösen. Und so ging sie gelassen dem Himmel entgegen, in dem die Straße sich zu verlieren schien, und da begannen die Glocken zu läuten. Ein ohrenbetäubendes Geläut, und es kam von allen Seiten. Ich blicke auf meine Füße herunter: Sie stecken in Mokassins, in weißen Söckchen. Und unter dem dunklen Mantel blitzt mir weiß meine Blöße entgegen.

Jetzt ist hier nur noch Nebel.

Mama, Mama, du bist überall, nur nicht hier, in dieser Küche, die für uns mehr als nur eine Küche ist: Hier schlafe ich auch, und hier arbeite ich. Du bist die ganze Zeit woanders als dort, wo ich dich sehe, wo du lebst, wo ich lebe, während ich male und zeichne. So hoffnungslos woanders, wo auch immer, irgendwo. Wie soll ich dich da noch zeichnen können? Gibt es dort, wo du bist, obwohl du hier bist, ein kleines Mädchen, das nicht ich ist und das ein Bild von dir malen möchte? Keineswegs sicher, wenn man dich so umherlaufen sieht. Etwas Wichtiges, man weiß nicht was, scheint sich dort zu entscheiden, wo du bist, ohne dort zu sein. Und genauso ist es, wenn du dann auf der langen Bank sitzt, hinter dem Tisch, und die Arme auf das Wachstuch stützt, deine schönen Arme, wie blonde Frauen sie haben, und die ich so liebe, und deine Hände, nach denen ich ganz verrückt bin, Hände, die sich gegenseitig festhalten, sich aneinanderpressen in stummer Entschlossenheit. Im stummen Wunsch, der stummen Erwartung von etwas, das passieren, geschehen, eintreten soll, und dein Zweifel, deine Furcht, daß es niemals passieren, geschehen, eintreten wird, aus dem simplen Grund, daß es (vielleicht) schon passiert, schon geschehen ist. Daß das, was eintreten soll, (vielleicht) schon geschehen ist und daß jetzt nicht mehr viel Aussicht auf irgend etwas besteht. Obwohl du die Hoffnung nicht aufgibst, weiterhin wartest und die Hände so sehr aneinanderpreßt, daß die Gelenke ganz weiß hervortreten. Und dann höre ich auf zu zeichnen oder zu malen und setze mich zu dir auf die Bank, schmiege mich ganz fest an dich. Lege meinen Arm um deine Taille, meinen Kopf auf deine Schulter. Und schon durchdringt mich die Wärme deines Körpers, breitet sich in mir aus, eine weiche Welle.

Du überflutest mich mit all dem Leben, das du in dir trägst und das du mir schon gegeben hast. Es ist ein Wohlgefühl, wie ich es nur mit dir erlebe, es strömt durch mich hindurch und läßt, was dich quält, deine Sorgen, deine Langmut, hinter sich. Dein Körper ist ein großes Glück. Anderswo entscheidet sich vermutlich etwas Wichtiges, aber ich, ein Teil deiner selbst, deines Kummers, deiner Verzweiflung, bin hier, du bist nicht allein und auch nicht verpflichtet mir zu sagen, was dich in diesen Zustand bringt. Und ich kann nur beten, daß es immer so bleiben möge, die Zeit aus uns zweien immer eins machen möge, so wie ich hier an deiner Seite sitze.

Aber vielleicht wirst du mir irgendwann sogar anvertrauen, was dich bedrückt. Das Leid, das du leben mußt und eines Tages nicht mehr ertragen oder nicht mehr für dich behalten kannst. Ein Leid, das im Augenblick unnahbar ist und das uns einander jede Minute ein Stückchen näher bringt, mehr eins werden läßt, dich und mich.

Das passiert dir oft, du kennst die Situation. Du bist dann oft so erschöpft vom Kampf gegen man weiß nicht wen und so ermattet, daß es Tage gibt, an denen du dich zu Bett legen mußt, an denen dein Haar, das doch blond ist – während meines schwarz wie das von Papa ist –, fast grau wirkt und in häßlichen Strähnen herunterhängt.

Aber ich sehe den Augenblick schon kommen, an dem du dich dieser Beklemmung entreißt: Schon schüttelst du den Kopf, gleich wirst du über dich selber lachen, und ich spüre schon, wie dasselbe Lachen auch in mir aufsteigt. Ich verstehe, daß es kein sehr lustiges Lachen ist, Mama, und ich werde erfahren warum, wenn du es für angebracht hältst, es mir zu erklären. Ich werde dir keine einzige Frage stellen. Ich will nicht wissen, in welche Diskussion du dich verwickelt hast. Noch mit wem. Nein.

Mama, merkst du es? Statt kraftlos auf die Bank und gegen den Tisch zu sinken, richtet dein Körper sich wieder auf. In trotziger Herausforderung. Da ist wieder dein stolzer Gesichtsausdruck. Du machst soeben jemandem deine Meinung klar, vermutlich ist es Papa. Das alles spielt sich in dir ab, also weit weg. Deine Hände lösen sich voneinander, erheben sich. Doch schon fallen sie wieder auf die Tischplatte herab, auf das Wachstuch. Ist es, weil du dich fragst, was es bringt, mit Geistern zu diskutieren? Ob es nicht allmählich zu viel für dich ist?

Jetzt legt Mama mir wie eine warme Decke den Arm um die Schultern, drückt mich an sich mit all ihrer Kraft, läßt mich teilhaben an ihrer Wärme, ihrem Atem – einem Mehr an Leben, dem ganzen Leben, das in ihr brennt. Und dann neigt sie sich zu mir hin und umhüllt mich mit ihrem unvergleichlichen grünen Blick, der, in sein eigenes Leuchten getaucht, mich aus der Tiefe dieses Leuchtens heraus anfunkelt und fixiert.

Sie sagt, und ich weiß nicht, wer da spricht, ihre Augen oder ihre Stimme:

»Darf ich dir ein Geheimnis anvertrauen, Lyyli Belle... Darf ich?«

Ich nicke zustimmend.

»Ich mache mir Sorgen, schreckliche Sorgen«, fährt sie fort. »Solche Sorgen, wie man es sich gar nicht vorstellen kann.«

»Aber Mama, warum denn?«

»Warum, warum? In ein paar Tagen ist Johanni.«

»Ist Johanni und deshalb machst du dir Sorgen? Während alle dieser Nacht schon voller Vorfreude entgegensehen? Ich verstehe dich nicht.«

»Genau deswegen, Lyyli Belle. Während alle sich darauf vorbereiten und die Feuer nur darauf warten, überall aufzulodern.«

»Ja und das wird herrlich sein, so eine Nacht voll kleiner Sonnen, die genauso wenig untergehen wie die Sonne am Himmel! Glaubst du nicht?«

Mama, ganz leise, so leise, daß ich kaum die Worte auseinanderhalten kann, die sie murmelt:

»Wir haben uns in einer Johannisnacht kennengelernt, dein Vater und ich.«

»Und ausgerechnet in dieser Nacht ist er nicht in unserer Nähe. Ist es das, was du sagen willst?«

»Ach, wenn es darum ginge! Nein, das ist es nicht. Wir werden dieses Jahr ein abscheuliches Johannisfest haben.«

»Mama, wie kannst du das nur sagen? Das Wetter könnte nicht schöner sein. Oder ist es wegen ihm, weil er weggegangen ist, wie er immer weggeht... Papa ist ein Nomade.«

»Ein Nomade?«

»Ja, hat er selber gesagt, ich wiederhole nur seine Worte, seine Heimat ist ein Zeltlager in der Wüste.«

»Aber er ist doch nicht weggegangen, um in die Wüste zurückzukehren, Lyyli Belle.«

»Hat er selber gesagt: In seinem Land gibt es Leute ohne Haus und ohne alles, die dauernd so weit wie möglich mit ihren Tieren umherziehen und dann wieder zurückkehren, nur um zu ihren Füßen den Sand zu finden, den sie hinter sich gelassen haben.«

»Ich weiß, ich weiß, aber darüber wollte ich nicht reden.«

»Worüber denn dann?«

»Ich wollte sagen, daß viel zu schönes Wetter ist! Und daß das einfach nicht bis zum Johannistag andauern wird.«

»Doch, wird es.«

»Nie im Leben! Völlig aussichtslos.«

»Bist du dir dessen so sicher?«

»Ganz sicher! Die Hitze ist völlig anormal.«

Ich denke insgeheim: Ja, die Hitze ist tatsächlich anormal. Aber ist es wirklich so sehr eine Frage von Hitze oder Nichthitze? Sie will diese Johannisnacht einfach nicht haben und zieht es vor, sie ins Wasser fallen zu lassen, wenn nicht noch schlimmeres.

Aber ich sage: »Mir kommt dieses schöne Wetter ganz normal vor. Ich finde, es sieht gar nicht so schlecht aus fürs Johannisfest. Allerdings ...«

»Allerdings?« unterbricht sie mich mit einem Druck ihrer Hand auf meine Schulter, als wolle sie mich näher zu sich heran und auf ihre Seite ziehen.

»Allerdings finde ich es kaum normal, daß Papa nicht da ist. In einem Augenblick wie diesem, wo ihr euch zum ersten Mal begegnet seid.«

Mama lockert den Griff, senkt den Kopf. Ihr Blick geht ins Leere, mit einem Ausdruck in den Augen, wie ich ihn noch nie bei ihr gesehen habe.

»Sprich nicht davon, Lyyli Belle! Vor allem nicht in diesem Augenblick!«

Sie hat ihn nicht ausgestoßen, diesen Schrei, von dem ich hätte denken können, daß sie ihn ausstoßen würde. Warum? Hat sie ihn in sich ausgestoßen?

»Stimmt es etwa nicht? Hast du etwa keine Angst, wenn du daran denkst, daß das der Tag ist, an dem du den, der mein Papa werden sollte, kennengelernt hast?«

Und diesmal packt sie mich bei den Schultern und schüttelt mich sanft.

»Oh, Lyyli Belle, ja doch, ja!« gibt sie zu.

Zwischen zwei Schluchzern hat sie jedes Wort in einem Atem hervorgestoßen.

»Angst wie am ersten Tag?«

»Wie am ersten Tag.«

»Und daß es noch einmal von vorne anfängt, auch das macht dir Angst. Oder daß es von vorne anfangen könnte.«

»Genau. Ganz genau so ist es. Wie du das weißt, Lyyli Belle.«

»Aber er ist doch gar nicht hier.«

»Aber es ist ganz genauso. Es ist die ganze Zeit über so, als ob es noch einmal von vorne losginge.«

»Weil er von dort unten war, aus diesem anderen Land, und du aus diesem Land hier?«

»Nein, Lyyli Belle, nein. Weil er es war. Weil er derjenige war, der er noch heute ist.«

Mama ist nur noch eine schluchzende, wehrlos zukkende Frau, die sich in ihrer Pein einer anderen Frau öffnet. Sie ist nur noch die, die ihre ärmlichen Geheimnisse ausbreitet und die unaussprechlichen Gedanken, die ihr Herz bewegen, und die sich dabei ganz und gar preisgibt. Ich brauchte gar nicht noch mehr zu hören, um sie zu verstehen, um alles zu verstehen.

Zu ihrer Entlastung sei gesagt: Es ist das erste Mal, daß sie sich zu solch einem Ausbruch hinreißen läßt.

Und Papa, ob er Angst hat, dort, wo er ist, bei dem Gedanken an die bevorstehende Johannisnacht? Ein Gedanke, der wiederum mir Angst macht.

Mama fährt fort, aber nur so für sich; was sie jetzt sagt, vertraut sie nicht mehr mir an, sie scheint mich schon vergessen zu haben:

»Wenn doch nur so ein Wetter sein könnte wie schon so manchmal, so ein richtiges Weltuntergangswetter. Das wäre mir gerade recht, wäre genau das, was ich brauchte.

Dann müßte ich mich nicht in Tränen auflösen, der Himmel nähme es mir ab.«

Sie denkt nur mit ihrem Schmerz. Ich richte den Blick durch Fenster und Tannen hindurch nach oben. Draußen brennt eine furchtbare Sonne auf den Wald herab, als wolle sie ihn gleich anzünden. Der Himmel ist vom überwältigendsten Blau, das man je gesehen hat.

Papa, wäre er bei uns, hätte nicht auf diesen Himmel geschaut, sondern auf Mama. Mit dieser Art von Verzückung, in die man durch jemanden versetzt wird, der aus einer anderen Welt gekommen ist, um dieser hier ein Glück zu bringen, das sie nicht kennt. Und Mama, sie wäre aufgestanden und hätte für ihn getanzt.

Lyyli Belle! Lyyli Belle! Wo steckst du nur? Noch immer in diesen Bäumen?«

Mama auf der Suche nach mir. Schon wieder ihr Ruf. *Noch immer in diesen Bäumen?* Sie ahnt es wohl. Sie wird mich nicht finden. Ihr antworten. Möchte ich schon. Ich öffne den Mund: Sofort bremst mich etwas ab. Ich kann nicht. Aber ich spüre sie, diese unmöglichen Wörter, die bis zu meinen Lippen vordringen, doch niemals darüber hinaus. Mama wird es nie erfahren. Niemand wird es je erfahren. Diese Dinge darf man eigentlich nicht wissen. In den Bäumen, auf die ich hin und wieder klettere, warte ich. Ich schließe die Augen und warte ab. Ich schließe die Augen und lausche. Was kommen soll, kommt es? Ist da jemand? Das Gartentor klappt, als käme jemand herein und würde es wieder hinter sich schließen. Irgend jemand vielleicht. Aber wo ist er? Er ist gekommen. Er ist gegangen. Alles zugleich. Und einen Augenblick lang hört man gar nichts mehr. Nur das Schwirren der Insekten. Und, wie Wasser, die Blätter rauschen. Ich höre nicht mehr hin.

Mein Baum, das bin ich, bis hier hoch bin ich mit meinen Wurzeln gewachsen.

Und ich werde weiter wachsen. Immer höher hinaus, immer größer. So fern, so allein. Inmitten eines ganzen Landes, einer ganzen Einsamkeit, der einzige Baum, der weit und breit zu sehen ist. Der zu sehen ist, von wie weit her man auch zu ihm herüberschaut. Und dann, nach ihm, soll gar nichts mehr kommen. Gar nichts. Soll alles so wie immer bleiben. Bis zum Ende bin und bleibe ich dieser Baum, bin vielleicht tot und noch immer derselbe Baum, noch immer aufrecht an meinem Platz. Von wie weit her man auch zu ihm herübersieht. Nichts anderes wird man finden. Nichts ebenso Schönes. Papa sagt, in über der Hälfte seines Landes könne man tagelang laufen, ohne auf einen einzigen Baum zu treffen. Also werde ich dieser Baum sein, den er jederzeit sehen kann, von wie weit her auch immer er sich auf den Weg gemacht hat.

»Wenn du genug davon hast, dich dort oben zu verstecken, dann gehen wir beide in die Stadt, Lyyli Belle.«

Er hat mich hierher zurückkehren lassen, mich, seinen Baum, seine kleine Tochter. Dort sind die Geheimnisse zurückgeblieben und brennen weiter im Stein. Dort werden sie bleiben, solange die Welt uns nur als Fußabtreter dient, statt sich auf ihre Schönheit und ihren Stolz zu besinnen.

Die Bäume wimmeln von Vögeln, sind von deren Geschrei, von Salven von Fragen ganz zerzaust. Wonach sie wohl fragen? Und wie lange noch? Ein Aufruhr, der sich, so scheint es, nicht legen darf. Selbst die Fasane machen mit, wenn es ihnen gelingt, vom Boden auf einen Ast zu hüpfen. Sie zwitschern alle im Chor, wie Kinder vor ihren Weihnachtsgeschenken; man könnte davon taub werden. Aber sie plaudern ihre Geheimnisse nicht aus. Halten sie mich für ihre Königin? Es bedarf nur wenig, um jemandes Königin zu sein. Ich teile ihre Freude, denn ich bin ein Teil ihres Leids. Sie denken bestimmt, daß ich das Beste bin, was ihnen hat passieren können.

»Könntest du dich bitte mal entschließen, von diesem Baum runterzukommen, in dem du steckst, Lyyli Belle!«

Eine große Person, die nie etwas anderes als immer nur

groß war, mit ihren Stadtgeschichten, ihren Einkaufsbummeln und all den Dingen, die sie sagt, als ob man immerzu etwas sagen müßte. Sie sind es immer gewesen, werden es immerzu bleiben: Große, die immer nur groß waren. Pech für sie. Und diese Stadt, auch Pech gehabt, ich kann sie nicht leiden. Ob sie dorthin will, um vom Fenster wegzukommen, an dem sie steht, das Gesicht gegen die Scheibe gepreßt, und den Geistern zusieht, die durch den Garten ziehen? Stunde um Stunde, und aus ihren Augen fällt schon der Schatten. Mit ihrem Gesicht, das hinter der Scheibe gefangen ist, wird sie selber zum Geist, der ebenso echt ist wie die Geister, die sie sieht.

Soll sie nur gehen, in ihre Stadt. Und wenn plötzlich Papa käme, und weder sie noch ich zu Hause wären? Leer der Garten, leer das Haus, und die Dinge würden ihn wiedererkennen oder auch nicht. Wer würde ihn willkommen heißen? Ich glaube, ich würde das nicht überleben. Denn falls überhaupt jemand kommt, dann er, da bin ich mir sicher. Ich bleibe, wo ich bin.

Und der Garten, einen Finger auf den Lippen, horcht. Sie kommt, sie kommt nicht: die nächste Aufforderung. Er bläst gelangweilt die Backen auf. Etwas Abwesendes ist intensiv anwesend, zieht seine Kreise, irrt umher. Ein stummer Teil vom Tag? Ich fürchte, auf diese Frage gibt es keine Antwort. Wenn es sprechen will, wird es von alleine zu sprechen wissen, wird die richtigen Worte finden.

Aber die Welt, das muß man leider sagen, wechselt ihr Gesicht ohne Vorwarnung. Was vor dir war, wandert plötzlich nach hinten, was offen war, verschließt sich; aus Weiß wird Schwarz, aus Nah wird Fern. Und ich immer in der Mitte. Außerdem bin ich davon überzeugt, daß man mich die ganze Zeit über beobachtet hat. Ein Tier, das im Garten lauert und überall seine Augen hat. Immer gibt es solche Tiere, die nur darauf warten, dich an ihr

Herz zu drücken. Und sie erkennen dich auch dann, wenn du sie nicht erkennst, und du läßt sie gewähren. Du sagst dir, daß sie dich aus Liebe erdrücken. Das sagst du dir, und dann schließt du die Augen und flüchtest dich tief in dich hinein. Wenn es nun eines von ihnen wäre? Das sind Geschichten, die ihr eigenes Ende nicht kennen. Oder mitunter, wenn man sich in einem Spiegel betrachtet, fragt man sich, wer einen da ansieht. So ein Spiegel kann dich zugleich lieben und dir dieses Tierantlitz zeigen. Und ein Tier trägt bisweilen ein Allerweltsgesicht zur Schau. Ach ja, Geschichten, die kein Ende kennen.

Mein Baum, bist du nicht müde, mich zu tragen? Ich höre Mama gar nicht mehr rufen. Also besteht keine Notwendigkeit hinunterzuklettern. Ich bin schon wieder voller Kiefernnadeln, auf der Haut und unter der Haut, von dieser Geschichte, die kein Ende hat. Man kann sich wirklich fragen, ob der Mensch nicht ein Igel ist, bei dem die Stacheln nach innen wachsen. Immer dieselbe Geschichte. O Tier, das sich an mich schmiegt, Tier mit den durchsichtigen Bernsteinaugen, in deren Tiefe es schwarz funkelt, daß einem ganz schwindlig davon wird, Liebestier, das keine Tränen kennt, du weißt es schon: Papa kommt nicht mehr zurück.

Heute kommt er nicht mehr zurück. Morgen. Aber ich bleibe auf meinem Baum. Reglos warte ich da, wo ich bin. Es gibt Momente, da würde man die Welt am liebsten zurückdrehen und die Dinge da anpacken, wo sie einmal waren. Oder sie kopfstehen lassen, alles drunter und drüber gehen lassen und abwarten, was passiert. Oder sich auf dieses Drüber legen, das jetzt drunter ist.

Mama macht sich allein auf den Weg in die Stadt. Sie kommt noch einmal hier vorbei, hebt den Blick in die Höhe, sieht in die Bäume, von einem zum anderen versucht sie, mich zu finden. Doch es gelingt ihr nicht. Aber ich sehe sie: wie sie zum Gartentor geht, wie sie, bevor sie es hinter sich ins Schloß fallen läßt, ein letztes Mal ruft:

»Lyyli Belle, willst du wirklich nicht mit mir kommen?«

Soll sie nur gehen, in diese Stadt, aber allein. Da geht sie dann als ein wanderndes Licht herum. Sie so blond und ich, ihre Tochter, bin dunkel. Sie wird das Licht sein und Papa der Schatten, den sie weit, weit hinter sich wirft. Und zwischen diesem Licht und diesem Schatten verbirgt sich das gleiche Geheimnis. Die ganze Zeit das gleiche Geheimnis, unter seinem wohlbekannten Namen, zusammen mit dem Schweigen, das um es herum entsteht. Geheimnis, du bist ganz nahe bei mir. Und Lyyli Belle – sein wohlbekannter Name? Ist es möglich, lieber Gott? Wie bin ich nur dazu gekommen?

Ein Geheimnis, hier oben auf meinem Baum, und ich behüte es, hüte den Platz, den es braucht. Ebenso wird auch Papa seinen Platz wiederfinden, weil ich den nämlich auch für ihn hüte. Papa, mit dem wir einmal zu dritt, er, ich und das Geheimnis, einen Ausflug nach drüben gemacht haben, ins Land der Toten. Ich sage absichtlich: mit ihm. Denn wenn ich mich Tag für Tag im Spiegel beobachte, dann entdecke ich darin ihn. Ich leiste ihm Gesellschaft, und gleichzeitig hüte ich ihn. Sollte ich ihn je aus den Augen verlieren, ist er verloren, wo immer er auch ist. Ob er es weiß? Kann sein. Kann auch nicht sein. Ich hüte den Garten, ich hüte das Haus, ich hüte den Wald und den Himmel: so wie er sie kennt. Und vor allem darf es keine Tränen darauf regnen.

Ich singe mal ein kleines Lied, vielleicht hört er es ja, dort wo er ist:

»Garten, mein Garten, wo der Sommer reift. Himmel, mein Himmel, wo die Vögel schwimmen. Birke, meine Birke, wie ein Pferd vor dem Haus. Auto, o Auto, wenn du

schon mal vorüberfährst. Blumen, o Blumen, die ihr so lautlos wachst. Sagt mir, warum das kleine Mädchen in den Bäumen singt. Wenn ihr es wißt, sagt mir warum, immer wieder, warum.«

Und doch gibt es Momente, da man, wenn der Moment erst vorüber ist, nichts mehr tun kann für die, die man liebt, wo es nichts nützt zu singen, alles zu opfern, sein Leben zu geben. Gewiß, auch wenn der Moment vorüber ist, mangelt es nicht an Gründen weiterzumachen: zu singen, alles zu opfern, sein Leben zu geben. Man rebelliert schweigend, und man weiß, man muß es tun. Auch sie, Papa, Mama, rebellieren schweigend. Gegen sich selbst, weil sie leiden, aneinander, miteinander leiden?

An manchen Tagen schreit Mama laut, sie, die im allgemeinen so zurückhaltend ist. Dann folgen Tage zehrender Stille, Tage des langen Wartens auf – vermutlich das Tier mit dem sanft leuchtenden, blinden Blick, das sich, ohne sich jemals zu irren, auf den einen oder anderen von uns zubewegt. Gegen das Leben hilft nur Geduld.

Mit den Wolkenbrüchen ist auch die Johannisnacht am Garten vorübergezogen, der nun schon den dritten Tag in Tränen gebadet ist. Auch heute nachmittag regnet es noch, aber die Sonne scheint, und in den Bäumen leuchten Freudentränen.

Mama hat sich nicht getäuscht: An Johanni war es schauderhaft. Sie hatte es vorhergesagt, und es regnet noch immer, auch wenn die Sonne wieder da ist. Woher hat sie das gewußt? Wenigstens kann man wieder durchatmen, die Welt atmet auf in diesem Regen, der zur Hälfte aus Wasser, zur Hälfte aus Sonne besteht. Bald wird es wieder genauso schön sein wie zuvor, aber ohne daß wir vor Hitze fast tot sind.

Mama trägt die Nase deshalb nicht höher, sie scheint sich dessen gar nicht bewußt zu sein, sie, die doch so viele Dinge weiß. Sie weiß sie aufgrund dieser Kenntnis, die alsbald verkennt, was sie weiß. Was gäbe man nicht alles dafür, auch so zu sein. Aber vor allem ist sie wunderschön. So schön, daß es schon gar nicht mehr wahr ist. So schön, daß einem die Worte fehlen, hinreißend schön, und seit ich sie kenne, immer gleich jung. Ihre Augen zum Beispiel: Was haben grüne Augen, was andere nicht haben? Und dennoch! Und ihr Mund, die geschwungenen Lippen und dann, im äußersten Winkel, ihr Lächeln. Ein Mensch läßt sich nicht *sagen*, und sie, sie läßt sich schon gar nicht *sagen*.

Man bedenke nur, wie sie sich gibt: Sie lacht nie oder nur selten. Wenn es sein muß lächelt sie, gewissermaßen aus der Ferne. Was für ein Lächeln aber, wenn es einmal soweit ist! Ein Licht, wie es einem nur im Traum entgegenscheint.

Auch ist sie eine Mutter, die selten spricht, sich noch seltener anvertraut. Sie lächelt, und du hast den Eindruck, nun ist alles gesagt. Und manchmal vielleicht auch den Eindruck, daß sie dieses Lächeln zwischen sich und dich stellt. Den Schatten eines Eindrucks, der sich wie jener dazwischenschiebt, der ihr überallhin folgt und vorangeht. Aber wirft denn wirklich Mama diesen Schatten? Einen im Gegensatz zum anderen unsichtbaren Schatten, auch wenn er ebenso an ihren Schritten klebt. Oder sollte Mama der Schatten dieses Schattens sein? Ich weiß es nicht. Man weiß es nicht. Sie wird es wohl selber nicht wissen, noch nicht einmal ahnen. Auf jeden Fall ein übermütiger Schatten. Im allgemeinen ist Schweigen ja nur schwer zu ertragen, Schweigen von Menschen oder von Orten. Mit ihr ist das ganz anders.

In manchen Augenblicken redet sie urplötzlich viel zu viel. Man könnte meinen, um diesem Schatten zu entwischen, um sich an dir festzuhalten, damit du ihre Hand ja nicht losläßt. Und du fragst dich, ob sie nicht wortlos fast schon um Hilfe schreit. Ob sie ihre Hände nicht bewegt wie jemand, der ertrinkt, oder jemand, der um sich herum eine Menge Spinnweben beseitigt.

Aber diese Augenblicke gehen vorbei, es dauert nie sehr lange. Dann beruhigt sie sich wieder, atmet tief durch. Schon ist der Schatten wieder da, so durchsichtig, wie man ihn sich nur wünschen kann, da ist er, er war niemals woanders, hat sich keine Sekunde lang wegschieben lassen. Und ist noch immer genauso übermütig.

Mama und wir alle mit ihr leben im Schatten dieses

Schattens. Damit muß man sich abfinden. Schließlich lastet ja nur das Gewicht eines Schattens auf einem. Also tragen wir alle unseren Teil von dieser Last. Wir werden es niemals anders machen, werden uns keine Ungeduld erlauben. Und außerdem sind wir schon daran gewöhnt, es stört uns nicht mehr. Und derweil denken wir an anderes. An ganz viel anderes.

Und dann sind da noch die Tage, an denen sie von einem Zimmer zum nächsten geht, von einem Winkel des Hauses in den anderen, überall läuft sie herum, unten, oben, pausenlos. Sie sucht, wirkt dabei so sicher wie jemand, der weiß, daß er das, was er sucht, auch finden kann. Findet sie es nicht, macht sie weiter. Ich glaube, sie würde sich kaum anders benehmen, wenn sie sich selber suchte. Dann hält sie inne, hört auf. Man weiß, sie hat überhaupt nichts gefunden, und doch ist sie schon wieder die Mama, die sich niemals verloren hat.

Nur wenn ich am allerwenigsten damit rechne, fragt sie mich plötzlich:

»Was sollen wir nur tun, Lyyli Belle? Sag es mir, Lyyli Belle.«

»Wovor fürchtest du dich, Mama? Bin ich denn nicht bei dir?«

»O ja. Ja. Du fürchtest dich nie. Du weißt gar nicht, wie das ist, sich zu fürchten, du wirst es nie wissen.«

»Was muß man denn da wissen, Mama?«

»Was man unbedingt wiederfinden, um jeden Preis wiederfinden muß.«

»Wir finden es. Reg dich nicht auf.«

»Bist du ganz sicher?«

»Ja.«

»Ich suche schon so lange.«

»Wir finden es, Mama.«

»So lange schon.«

Sie preßt die Lippen zusammen, wirft einen Blick um sich und stellt keine Fragen mehr. Die Frage ist in ihrem Blick.

Papa, wieder einmal fort, hat sich verloren. Bleibt mir nur noch Mama. Im Haus, immer nur auf und ab laufend, und selbst das nur mit äußerster Behutsamkeit, ganz ruhig, ein lautloses Wasser. Auch den Garten durchquert sie mit gedämpftem Schritt, das Wasser kommt ohne Vorwarnung, ist einfach da. Und selbst die Türen öffnet und schließt sie so vorsichtig, als fühlte sie sich überwacht. Man vergißt zu atmen, wenn man ihr dabei zusieht. So leben wir alle Tage.

Ich bin in solchen Momenten mucksmäuschenstill, halte die Luft an, den Malstift reglos in der Hand und horche, warte auf diese Geräusche, die auf sich warten lassen, undeutliche Geräusche, Schattengeräusche, Echos, zwischen denen das Schweigen sich in aller Ruhe ausbreiten kann. Es ist Mama, und sie geht, als bewege sie sich in tiefer Nacht voran.

Mama in ihrer ganzen Schönheit, ich werde niemals müde, das zu wiederholen, und noch schöner, wenn Papa wieder zurück ist, wenn er wieder einmal zu Besuch bei uns ist. Dann blüht sie auf. Und solange das anhält, weigert sie sich, dieser Geist zu sein, der vor ihr hergeht und ihr folgt. Ihr Lächeln blüht auf, in ihr Gesicht, ihren Körper kehren Feuer und Ausdruck zurück. Und so jung sie ist, sie verjüngt sich noch mehr. Ist so biegsam, daß sie wieder zum Stengel unter der Blüte ihres Gesichtes wird. Und sie redet und redet. Trägt das Herz auf der Zunge, erzählt alles, läßt nichts aus: sämtliche Begebenheiten, tausenderlei Nichtigkeiten und was nicht sonst noch! Und ich frage mich jedesmal, woher sie das alles nimmt, wovon ich nicht die geringste Ahnung hatte, obwohl ich doch alles sehe, meine Zeit damit zubringe, alles zu sehen, alles zu überwachen. Man könnte fast meinen, daß sie, die doch niemals irgend etwas bemerkt, mehr sieht als ich.

Ein Parfüm, das nur danach verlangt, sich zu entfalten, zu verströmen: So ist Mama. Ihr Geist treibt durch die Lüfte, und es duftet. Vermutlich aus Liebe.

Auch ich liebe Papa, aber nie werde ich auf diese Weise duften können. Doch ich weiß, wie man mit ihm reden muß, vor allem, wenn er nicht bei uns ist. Ich tue das, damit er anwesend ist, solange er fort ist. Tut Mama das auch? Sie spricht nicht darüber.

Perlen, so scheint es, haben ihre guten und schlechten Tage. Wenn das stimmt, wäre Mama eine vollkommene Perle, sie hält ihre Strahlen zurück, wenn Papa wieder dort unten, weit weg von uns ist, ihr Feuer erlischt nicht etwa, nein, es schläft einfach nur, flackert auf Sparflamme weiter. Ein Feuer, das, sobald Papa zurück ist, erwacht, seine Strahlen ausbreitet und den Siegeszug über ihr Gesicht, ihren Körper, ihr Lächeln, über alles antritt. Ich bin nicht so ein Feuer, das dann und wann einfach einschläft. Bei mir bleibt es die ganze Zeit über gleich: Ich brenne.

Im Grunde brennen wir beide, aber jede auf ihre Art, Mama von innen, ich von außen. Das ist unsere ganze Beschäftigung: brennen und wachen. Wir sind damit zufrieden. Denn was würde ohne Wachen und Warten aus uns?

Eigentlich ist Mama die Sanftheit in ihrer ganzen Gewalt. Die Gewalt rückt sie in unsere Nähe, ihre Sanftheit entfernt sie von uns. Man muß sie nehmen, wie sie ist. Wenn sie einen ihrer Ausbrüche hat, fegt sie hinweg, was ihr in die Quere kommt, es gibt nichts, was sie einem dann nicht an den Kopf werfen würde, obwohl sie doch zu denen gehört, die niemals im Leben das, was sie besitzen, verlieren möchten. Weil sie selber so zerbrechlich ist, hängt sie sich an den geringsten Gegenstand, läßt ihm Zuwendung und Schutz angedeihen. Aber sobald sie einen ihrer schlechten Augenblicke hat, zählt er nicht mehr.

Sie gibt sich Mühe, sich nichts anmerken zu lassen, versucht, einem etwas vorzumachen mit ihrer Ruhe und ihrer selbstsicheren Art. Und sie schafft es auch. Sie täuscht mit Erfolg, aber nur die, die sie nicht kennen. Und mehr als alle anderen täuscht sie dabei sich selbst. Lieber Gott, wie sehr sie sich betrügt.

Natürlich bürdet sie sich dabei selbst am meisten auf! Deshalb liebe ich sie auch so sehr. Man spürt, wie schwach sie ist, man wünscht sich nur, daß sie stark sein möge, ganz alleine ganz stark, ohne daß man gezwungen ist, ihr zu Hilfe zu kommen und ihre Seele zu beruhigen, in der tausenderlei Arten von Ängsten nisten. Sie wurde schon einmal in eines dieser entsetzlichen Krankenhäuser gesteckt, in welche man Leute zur Behandlung einsperrt, die gar nicht krank sind. Das war vor meiner Geburt. Und bis heute scheint sie nicht richtig von dort zurückgekehrt zu sein oder denkt das wohl an manchen Tagen und fürchtet, daß man sie wieder dorthin zurückbringt, oder sie hat nur noch eine verschwommene Erinnerung daran, die aber um so grauenvoller ist. Dabei hat sie das gar nicht nötig und wird es auch nie nötig haben. Wehe denen, die es wagen, ihr auch nur ein einziges Haar zu krümmen! Sie lebt in ihrer eigenen Welt, und die ist genauso viel wert wie jede andere Welt und vielleicht sogar noch mehr.

Und wie geschickt sie ist, man muß es einfach gesehen haben. In allem. Wie gut sie singt, mit einer Stimme, die so schön ist, daß sie in deinem Inneren das Tor zu einem Paradies aufstößt. Versuch dann mal, sie zu begleiten, und du kommst dir vor wie eine plärrende Kröte. Sie malt und zeichnet wundervoll. Ich werde nicht müde, ihre Hände zu beobachten, wenn sie zufällig mal näht. Bewundernswerte, eifrige kleine Feen, diese Hände. Und erst, wenn sie tanzt... Aber vor allem ist sie einfach nur schön.

Ich werde ihr auf der Stelle eine Geschichte erzählen, die Papa mir von dort unten, aus seiner Heimat, mitgebracht hat.

Diese Geschichte mußt du unbedingt hören, Mama. Papa hat sie mir neulich von seiner Reise mitgebracht. Ich muß sie dir erzählen. Hörst du mir zu?«

»Ich höre dir zu, Lyyli Belle. Du kannst anfangen. Hoffentlich keine traurige Geschichte.«

»Ganz im Gegenteil, du wirst schon sehen. Ich fange an.«

»Steh auf, Salem, und öffne!«

Vor langer, langer Zeit, zu einer Zeit, da es noch Zauberer gab, erteilte einer von ihnen, der über große Macht verfügte, einem kleinen Jungen namens Salem, den er sich zum Diener genommen hatte, diesen Befehl. So mächtig er war, war dieser Zauberer doch im Grunde seines Wesens ein mürrischer und boshafter Greis. Ohne Rücksicht auf Salems Alter zu nehmen, mutete er ihm die schwierigsten und mühevollsten Aufgaben zu.

Eines Tages klopft es an die Tür, und der Zauberer, wie es seiner Gewohnheit entspricht, herrscht mit böser Stimme Salem an:

»Steh auf, Salem, und öffne!«

An diesem Tage aber hat der Junge schon sehr viel getan, und deshalb antwortet er nicht, steht nicht auf und öffnet folglich auch nicht die Tür.

Der Zauberer wiederholt seinen Befehl. Salem antwortet nicht, steht nicht auf, öffnet nicht die Tür.

Draußen klopft es noch immer. Es klopft und klopft, immer lauter und stärker.

»Steh auf, Salem, und öffne!« brüllt der alte Zauberer.

Da antwortet Salem leise, aber bestimmt, daß er nicht öffnen werde.

Darüber gerät der Meister in großen Zorn und um Salem zu strafen, ruft er seinen Hund herbei:

»Bei Iblis, steh auf und beiß Salem in die Beine!«

Aber der Hund antwortet, daß er Salem nicht beißen werde.

Der Greis wird immer wütender und um den Hund zu bestrafen, befiehlt er seinem Stock:

»Bei Iblis, steh auf und schlag den Hund!«

Aber der Stock antwortet, daß er den Hund nicht schlagen werde.

Völlig außer sich und um den Stock zu bestrafen, befiehlt der Zauberer dem Feuer:

»Bei Iblis, erheb dich und verbrenn den Stock!«

Aber das Feuer antwortet, daß es den Stock nicht verbrennen werde.

Schäumend vor Wut und um das Feuer zu bestrafen, befiehlt der mächtige Meister dem Wasser:

»Bei Iblis, lauf und lösch das Feuer aus!«

Aber das Wasser antwortet, daß es das Feuer nicht auslöschen werde.

Der Meister ruft seinen Esel herbei und um das Wasser zu bestrafen, befiehlt er ihm – bei Iblis! –, es zu saufen.

Aber der Esel antwortet, daß er das Wasser nicht trinken werde.

So hat also Salem nicht die Tür geöffnet, hat der Hund nicht den Jungen gebissen, der Stock nicht den Hund geschlagen, das Feuer nicht den Stock verbrannt, das Wasser nicht das Feuer gelöscht, der Esel nicht das Wasser gesoffen

– und der Zauberer mußte zuletzt selber die Tür öffnen gehen.

Von diesem Tag an lebte Salem glücklich und frei.

... Wir sind die Straße entlanggewandert, wir haben ein Säckchen mit Perlen gefunden: die großen für mich und die kleinen für dich ...

Mama:

»Was für eine schöne Geschichte! Und so ein gutes Ende.«

»Nicht wahr, Mama? Wie ich dir gesagt habe.«

»Allerdings verstehe ich nicht, warum man diese Perlen auf der Straße findet, falls sie überhaupt etwas mit der Geschichte zu tun haben. Aber auch das ist schön.«

»*Dort unten* hören alle Geschichten so auf, mit Perlen.«

»Ich hoffe, dein Papa bringt uns beim nächsten Mal wieder welche mit. Geschichten wie diese, meine ich, keine Perlen.«

»Und warum nicht auch Perlen?«

»Ja, warum eigentlich nicht auch Perlen? Du hast recht, Lyyli Belle.«

Ich bin gerade von der Musikschule zurück. Was? Wie? Die Haustür offen? Sperrangelweit offen?

Im Nu bin ich die sechs Treppenstufen hoch, stehe jetzt hier, nach diesen sechs Stufen, stehe hier und denke: Das hier ist das Nichts, und es streckt die Arme nach mir aus. Hineingehen? Wohin? Und ich denke: Vor mir tut sich ein Abgrund auf. Selbst die Welt um mich herum ist ihrer Atmosphäre entleert, ihrer Landschaft aus Bäumen, Wäldern, Himmel und Licht, all dessen, was einen für gewöhnlich mit dem schützenden Schein der Vollkommenheit umhüllt. Und dann die Angewohnheit zu läuten, Sturm zu läuten, damit deine Mama dir die Tür öffnet – oder dein Papa, wenn er da ist, aber jetzt ist er schon seit längerer Zeit nicht mehr da.

Und wenn ich einfach mal läutete?

Und wenn dann das Haus mit einem Schlag zusammenbräche? Und was sonst noch alles passieren könnte.

Ich gehe hinein durch diese allzu offene Tür. Ich komme am Spiegel in der Diele vorbei. Aus dem mich neugierig ein Elsternkopf mit struppigem schwarzem Gefieder anblickt. Das bin ja nur ich. Danke, lieber Spiegel. Und ich spüre: nicht die leiseste Schwingung in der Luft, nichts und niemand. Ich stehe still, warte voller Angst, daß etwas über mich herfällt oder explodiert oder zerbricht oder schreit. Warte, daß etwas etwas Ent-Setz-Li-Ches macht. So schwer wie dieses lastende Schweigen, warum nicht?

Ich stehe unten am Treppenabsatz und trällere nach oben:

»Mamuschka, da bin ich! Wo bist du denn?«

Nicht die kleinste Antwort. Ich nehme eine Stufe und halte an, noch eine Stufe und halte an, trällere dabei immer weiter:

»Mamuschka, wo bist du?«

Nichts. Nichts als meine Stimme, die mir von oben entgegenkommt, wo Mama doch ist, ich weiß es. Sie ist dort. Aber sie will mir nicht antworten. *Es* wird mir antworten, wenn nicht sie es tut, und ich werde einfach erzählen, wie toll es in der Musikschule war.

Ja, es war wirklich toll. Ich rufe durchs Treppenhaus:

»Es war ganz toll. Wenn du wüßtest...«

Aber wer? Mamuschka? *Es?* Wer von beiden hört mir im Augenblick zu?

Ich setze einen Fuß in die Küche und entdecke Mama quer über dem Tisch liegend, das Gesicht gegen das Wachstuch gepreßt, die Arme weit nach vorne geworfen. Ich lasse meine Sachen fallen und stürze zu ihr hin:

»Mamuschka! Mamuaschka!«

Ich beuge mich über sie, umklammere sie, schüttele sie.

»Nein, Mamuschka, nicht!«

Was alles passieren kann! Ständig ist da etwas, mit dem man nicht fertig wird. Ich denke: und die ganzen Messer in unseren Schubladen, diese großen langen Messer. Ich versuche, Mama dazu zu bringen, daß sie sich bewegt, versuche, sie auf die Seite zu drehen, um zu sehen, was los ist. Unmöglich, sie ist zu schwer. Aber es besteht kein Grund zur Aufregung, eigentlich ist alles ganz normal.

Was kann schon passiert sein: Papa wird sie angerufen und ihr gesagt haben – ja, was wohl, jedenfalls etwas, das sie in diesen Zustand versetzt hat. Das ist schon vorgekommen. Oder er hat sie, im Gegenteil, nicht angerufen, während sie doch auf seinen Anruf wartete. Oder er hat ihr geschrieben. Oder es ist, weil er ihr nicht geschrieben hat und der Briefträger heute schon da war. Ich kenne sie. O, ich kenne sie. In jeder Sekunde bereit, für alles und jedes zu sterben und noch viel mehr dafür als für alles andere. Die arme, unglückliche Mama!

Sie ist also auf dem Tisch zusammengesunken und liegt nun reglos dort. Zum Glück war wenigstens der Tisch da, sonst wäre sie der Länge nach auf den Boden geschlagen. Halb über sie gebeugt und halb neben ihr, sehe ich ihre Augen, die fürchterlich schielen und mir einen Blick so kalt wie Marmor zuwerfen.

»Leg deine Hand auf meine Stirn, Lyyli Belle«, seufzt sie plötzlich wie ein Geist. »Ja, so ist es gut, und jetzt auf mein Gesicht.«

Wie weich sie ist, Mamas Haut, samtweich: In meinen Fingerspitzen kribbelt es von elektrischen Ameisen. Ein Stromschlag, der mich und die Tränen, die mir in den Augen brennen, erzittern läßt. Aber ich unterdrücke sie. Alle meine Tränen, so viele es auch sind. Ich will nicht, daß sie mir in die Quere kommen. Denn ich darf nicht aufhören, Mamuschkas Stirn und ihre Wangen zu streicheln, so sehr es auch in meinen Augen brennt und in meinen Fingerspitzen.

Wenig später sagt sie mit ihrer Alltagsstimme:

»Ich fühle mich schon besser, Lyyli Belle, aber mach noch ein bißchen weiter.«

Mit Hilfe der Ellenbogen richtet sie sich schließlich wieder auf und läßt sich auf die Bank gleiten, auf ihren Platz an der Längsseite des Tisches. Da sitzt sie jetzt und nimmt mein Gesicht in ihre Hände. Sie sieht mich an und lächelt dabei wie jemand, der ein Geschenk für dich hat.

Aber die folgenden Worte entschlüpfen ihr in einer Art Klage, als ob sie um Verzeihung bäte:

»Und bist du in der Musikschule gewesen? Hoffentlich hat es dir gefallen.«

O, Mama, Mama, die meine Antwort erst gar nicht abwartet und gleich weiterredet:

»Wollen wir uns nicht einen Tee machen, Lyyli Belle? Du wirst sehen, wie gut der uns tut. Grünen Tee mit Minze. Den magst du doch.«

Eine Aufmerksamkeit von Papa, dieser grüne Tee und diese Minze, die so duften wie sein Land; dieses Land dort unten, von dem ich jetzt wenigstens weiß, wie es riecht. Papa, der kommt und geht. Und wiederkommt. Und wieder geht. Unermüdlich. Ich verstehe ihn. Er wird früher oder später feststellen müssen, daß es nichts Fremderes gibt als ihn, hier in diesem Land, in diesem Haus, bei uns. Wenn ich einmal groß bin, werde ich auch fremd werden, das spüre ich.

Mama ist aufgestanden, um selber das Wasser aufzusetzen, ohne abzuwarten, daß ich es mache.

»Ich hol' die schönen Gläser raus«, sage ich, um mich nützlich zu machen.

»Ja, natürlich, Lyyli Belle.«

Auch eine Aufmerksamkeit von Papa, diese Gläser. Sie sind vergoldet und mit Blüten aus kleinen Emailletupfern verziert, wunderhübsch. Ich nehme zwei von ihnen aus dem Schrank und stelle sie mitsamt Untertasse dorthin, wo bis eben noch Mamas Körper auf dem Tisch lag. Und die Keksdose stelle ich daneben.

Der Wasserkessel pfeift ohrenbetäubend, als wäre es höchste Eisenbahn. Mama steht auf, nimmt ihn vom Feuer und gießt das Wasser auf den Tee, und schon hört das Pfeifen auf, und durch ein Holzhaus im hohen Norden zieht der herrliche orientalische Duft dieses Tees.

Mama hat sich wieder hingesetzt, ist ganz ruhig und konzentriert sich auf die Zubereitung des Tees. Ende des Dramas. Mama? Ist wie das Wetter: eine einzige Wolke, und die Welt verfinstert sich; ist die Wolke vorüber, wird die Welt wieder heiter und klar.

Und selbst der leidende Gesichtsausdruck, der ihre Züge so verzerrt, ja fast ausgelöscht hat, ist nur noch eine Erinnerung.

Das Glas an den Lippen, schon im Begriff, einen Schluck vom brühheißen Tee zu nehmen, mustert sie mich und sagt unvermittelt:

»Oh, deine Haare, Lyyli Belle!«

»Was ist denn mit meinen Haaren?«

»Du solltest mal sehen, wie sie dir vom Kopf abstehen!«

Ich fahre mit der Hand darüber. Mama lächelt:

»Wie Struwwelpeter.«

Ich stelle mich dumm:

»Wieso denn Peter? Ich bin doch kein Junge!«

»Dann eben Struwweljule. Soll ich dich nicht mal kämmen? Aber erst trinken wir unseren Tee.«

»Eine gute Idee, Mama. Ich habe mich unten schon im Spiegel gesehen.«

Der Tee ist getrunken, die Kekse sind vertilgt, die Gläser mitsamt den Untertassen im Spülstein verschwunden, und ich stehe nebenan, in ihrem Schlafzimmer, vor einem Spiegel mit goldenem Rahmen. Mein Kopf, und nur er, schwimmt mir gegenüber auf einem stehenden Gewässer, sonst ist da nichts. Von Mama sehe ich nur die Hände, und selbst die nur dann und wann.

Ich betrachte mich, während diese Möwen sich in meinen Haaren tummeln, als ob sie dort etwas suchten, was weiß ich, vielleicht in einer Minute. Doch nach einer Minute schließe ich die Augen und sage mir: ein Apfel mit einem schwarzen Federkamm. Wie sie darin wohl ihr Nest bauen würden? Oder auch kein Apfel, sondern eine Laterne, deren Flamme sie durch die Löcher hindurch beobachtet. Und wer hat wohl einen so prachtvollen Teint wie die Zigeunerinnen, die man in der Stadt inmitten von Möwenschwärmen und eisiger Blässe antrifft – aber keine Zigeunerin ist?

Meine Augen öffnen sich nur, um sich funkeln zu sehen, ein Stück von der Nacht, spöttisch funkelnd, froh, keine farblosen Glassplitter zu sein. Jetzt muß ich wiederum über sie lachen und stelle bei mir fest: Aber ja! Ich sehe haargenau so aus wie eine spöttische Elster!

Ich werde so groß werden wie Mama, und noch größer, vielleicht morgen? Ich reiche ihr schon bis über die Taille. Größer, älter, stärker. Warum? So ist das eben. Einfach, weil jeder, um voranzukommen, von vorne anfängt, bei Null beginnt. Immer mußt du Widerstände besiegen, Hindernisse beseitigen. Das ist vermutlich auch so ein Spiel. Wenn wir Karten spielen, Papa, Mama und ich, muß man nach jeder Partie die Karten neu mischen. Und Hoffnung und Furcht begleiten die Hände, die geben. Aber Mama hält bei keinem Spiel lange durch.

»Wie lieb von dir, daß du so schön stillhältst, Lyyli Belle, wenn ich dich kämme.«

Mein Blick wandert zu ihr, zu ihren Händen. Sie machen mir eine Krone aus Licht. Eine Krone, die sich um sich selber dreht. Sich so sehr dreht, daß ich schielen muß, um ihrer Bewegung zu folgen. Und jetzt dreht sich alles um sie herum, die sich nicht mehr dreht, zum Stillstand kommt. Die Welt ist Schmerz und Freude. Man stöhnt vor Schmerz, man stöhnt vor Freude, das eine oder das andere, aber das eine ist so viel wert wie das andere. Wo versinkt der Blick, wenn er hinausgeht über das, was er betrachtet, wo verliert er sich? Man weiß es nicht. Was tut währenddessen das Herz? Es macht sich auf und davon, aber wohin, lieber Gott, wohin …?

Wurde es im Stich gelassen? Wurden wir alle im Stich gelassen? Aber von wem? Von was? Ich schlinge mir die Arme schützend um den Leib. In mir werden kleine Schreie ausgestoßen, wie von einem Vogeljungen, wie ich es manchmal im Garten finde, wenn es, noch keinen Tag alt, aus dem Nest gefallen ist. Wie dieses Vogeljunge rufe ich um Hilfe. Das ist schrecklich, aber nötig und sogar schön. Ein Küken, das aus dem Nest fällt und sich dann an alles klammert, weil es leben will, dieses Stückchen Sonne erreichen will, das vom selben Baum heruntergefallen ist und sich ein Stück weiter weg im Grase regt. Es ist gesund und munter, und ich auch, wir alle, die ganze Welt. Und die Luft ist eine zweite Haut, liegt weicher als ein Streicheln auf der deinen.

»Sieh nur, wie schön deine Haare jetzt sind, Lyyli Belle. Sieh dich nur mal richtig an!«

Ein kleines Mädchen ist dazu geschaffen, an seinen Papa zu denken. Der kommt und geht. Und sie, sie bleibt immerzu hier und denkt an ihn, denkt an den Vogel, der niemals lange am selben Platz verweilt. Was soll man da tun? Es ist schon ein Glück zu wissen, daß es ihn gibt, und dieser Gedanke macht mich glücklich. Mama wird das niemals verstehen, daß ein Papa immer gute Gründe hat, um fortzugehen. Denn sie liebt ihn ohne jeden Grund.

Arme Mama: Weil man jemanden nie genug liebhaben kann, hat sie alles gegeben, um Papa zu lieben. Sie hat alles gegeben, und es ist noch immer nicht genug, es gibt viel zu viel zu lieben. Ständig hat man mehr zu lieben, als man jemals schaffen kann. Und ständig packt uns, ungestillt, der Hunger nach Liebe, erneut der Hunger zu lieben.

Im Augenblick schält sie gerade am Küchentisch Gemüse, Porree, Kartoffeln, Möhren und Erbsen für das Mittagessen. Aber sie ist mehr bei ihren Gedanken als bei dem, was ihre Hände machen, die sich, nebenbei bemerkt, kein einziges Mal vertun.

Währenddessen bin ich auf der anderen Seite vom Küchentisch damit beschäftigt, die Pilze zu putzen, die ich am frühen Morgen im Wald gesammelt habe. Ich sortiere sie nach Arten und sortiere die aus, die mir fremd vorkommen, und man kann mir vertrauen, mit Pilzen kenne ich mich aus. Ich atme ihren Geruch ein, der herb und zugleich fein ist; sie bringen uns den ganzen Wald ins Haus.

Die guten landen, von einer Nadel durchpiekst und auf Schnüre gefädelt, zum Trocknen im Keller.

Was würde aus uns ohne diesen Wald? Er betet für uns.

Sobald Papa wieder auftaucht, haben wir nur noch den einen Gedanken: zusammen große Waldwanderungen zu machen. Wer vorangeht und führt, das bin dann immer ich. Aber ich muß auch aufpassen, daß Papa nachkommt, daß er nicht allzu weit zurückbleibt.

Letztes Mal, nachdem wir schon ein schönes Stück gelaufen und weit in den Wald eingedrungen waren, habe ich ihn gefragt:

»Und? Wie ist es? Wie fühlst du dich?«

»Ich bin fast sicher«, hat er mir da geantwortet, »wenn mir jetzt ein Lamm über den Weg liefe, würde ich es mit Haut und Haaren verschlingen. Ganz genau so fühle ich mich.«

»Aber Papa!«

Momente wie diese, Worte, Bilder tauchen wieder auf, wenn man sie schon verloren glaubt. All das lebt auf, und man ist plötzlich nicht mehr so verloren, wie man hätte denken können. Daraus wird dann unsere Geschichte. Nachdem sie von ganz alleine entstanden ist, eine Geschichte, die ihren Weg in uns findet, die sich selbst erzählt. Die Zeit vermag nichts über sie, denn eine Geschichte hat ihre eigene Zeit.

Papa ist eine Glücksgestalt, selbst dort unten, wo er immer wieder hingeht, wo mein Herz ihn sieht, umgeben von Lichtstrahlen, an denen man ihn erkennt. Wie der Gegenstand, an dem du am meisten hängst, ist er da unten, gut versteckt, und es heißt: Das ist ein Talisman. Daran denkst du, einen Herzschlag lang, und dich überläuft ein Frösteln. Und du denkst das noch einen Herzschlag lang, und wieder dieses Frösteln, obwohl du doch denkst: »Ich weiß ja gar nicht, wo dieser Gegenstand ist.« Und doch weißt du es ganz genau.

Ganz wie in der Geschichte, die er mir erzählt hat, als ich noch klein war, eine winzige Knospe. Ich erinnere mich, die Geschichte hieß *Die Glücksperle,* etwas in der Art war in ihr versteckt. Eine Perle. Eine Geschichte, wie er sie eben zu erzählen weiß, die er nicht aus irgendwelchen Büchern hernimmt, sondern sich für mich ausdenkt, mein Papa. Und wenn eine Geschichte beginnt, bleibt die Zeit stehen.

Es hätte genauso gut wirklich passiert sein können, es war nichts, was in seinem Kopf schon fix und fertig war. Ich sehe ihn vor mir, seinen Gesichtsausdruck, wenn er sich erinnerte, sehe, wie er sich anstrengte, um es sich zu vergegenwärtigen, und die wechselnden Empfindungen, die über sein Gesicht hinweghuschten, das bald fröhlich, bald erschrocken wirkte. Seine Geschichten waren immer auch ein Mienenspiel.

Ich möchte mit den Fingerspitzen alle Wörter abtasten, all die wunden Punkte, die sensiblen Stellen in den Geschichten, aus denen sich auch unser Leben, unsere Welt zusammensetzt. Ich laufe herum, laufe hin und her, durch Haus und Garten, klettere auf die Bäume – auf der Suche nach diesen Wörtern, diesen wunden Punkten. Ich vermute, daß sie überall verteilt sind, ganz wie am Körper. Wird es mir gelingen, den Finger darauf zu legen und zu sehen, wie wund, wie sensibel sie sind? Ich fühle hier, ich taste dort.

Ich selber: ein einziger wunder Punkt. Überall weich und empfindlich. Man kann nicht lange den Finger auf mir lassen. Zu groß wäre die Freude, zu groß das Leid. Also ziehe ich durch die Gegend, hier entlang und dort herum, probiere es anderswo, versuche, bei anderen diese vitalen Punkte, die uns am Leben erhalten, ausfindig zu machen.

Auch einer von diesen Punkten: Wenn Mama und Papa eines Tages heiraten sollten, würde Mama dann ein weißes Kleid, einen weißen Schleier tragen? Wäre ich ihre Brautjungfer?

»Ich könnte ihn umbringen ...«

Wie eine Flamme zischen die Wörter durch die Luft. Sie kommen von Mama. Mit ihren Feuerzungen lecken sie mir über die Wangen und lassen mein Herz eine der Stufen verfehlen, die es sonst ohne zu stolpern hoch- und runterhüpft.

»Wen, Mama, wen?«

Lieber Gott, welchen Namen wird sie aussprechen? Es ist doch nicht möglich, das hat sie nicht wirklich sagen wollen. Ganz bestimmt nicht.

»Mama, wen?«

»Was denn?«

»Wen könntest du umbringen, ausgerechnet du?«

»Habe ich das gesagt?«

»Hast du. Ich habe es gehört.«

»Nicht möglich ...?«

»Doch, das hast du gesagt, Mamuschka.«

Sie macht das Gesicht, das sie macht, wenn ein Problem auftaucht, ein Gesicht, das nicht weiß, ob es lachen oder weinen soll.

»Lyyli Belle, habe ich das wirklich sagen wollen? Aber wen könnte ich denn schon umbringen wollen?«

Diese Frage! Ich wüßte noch immer keine Antwort darauf. Und sie offenbar auch nicht. Eine Frage an die Adresse einer dritten, abwesenden Person. Ich frage mich noch immer, *wen*? Ich finde keine Antwort. Ich finde, finde, finde sie einfach nicht.

Ich beobachte Mama, das ist nach wie vor sie, noch hat sie sich nicht in eine Mörderin verwandelt, ist sich überhaupt ziemlich gleich geblieben.

»Hör mal, so etwas habe ich doch nicht sagen können.«

So etwas hat sie nicht sagen können. Umso besser. Dann entschuldige bitte, ich habe mich wohl verhört.

Ich lasse sie nicht aus den Augen. Ich sehe es, Mama, du hast nichts dergleichen gesagt, und jetzt geht es schon besser, jetzt ist es wieder gut. Regen wir uns am besten beide ab, du und ich, so etwas hast du doch einfach nicht sagen können.

»Aber natürlich, Mama. Das hast du nicht sagen können.«

Hat sie mich gehört? Ich bin mir keineswegs sicher.

»Mama, hörst du mich?«

»Was denn noch?«

»Du hast das nicht sagen wollen, nicht wahr?«

»Was nicht sagen wollen?«

»Jemanden umbringen.«

»Ach…«

»Du könntest das nicht.«

Folgt ein langes Schweigen, aus dem sie sich nicht eigentlich löst, als sie endlich schwer atmend murmelt:

»Nein, Lyyli Belle.«

Wie weit würde man wohl gehen mit solchen Gedankenspielen, mit Dingen, die man so dahinsagt und die besser ungesagt blieben? Schon kommen sie einem ganz und gar unwahrscheinlich vor und wir, die wir sie sagen wollen, uns auch.

»Aber du hast geglaubt, du hättest mich das sagen hören, du hast gedacht, ich hätte den Mut, das zu tun.«

»Mama, ich habe es an deinem Blick gesehen.«

»An meinem Blick?«

»Ja, Mama. Es stand dir ins Gesicht geschrieben.«

Im ersten Augenblick sagt sie nichts. Dann, mit jenem Anflug von Lächeln, den sie in ihren träumerischen Momenten hat:

»Du bist ja verrückt. Wir sind beide verrückt.«

Und sie legt den Kopf auf die Seite und wird mit einem Mal von diesem Lachen geschüttelt, das ich an ihr liebe. Das sie so wunderschön aussehen läßt.

Ich lache mit und laufe um den Tisch herum, setze mich neben sie und lege den Kopf auf ihre Schulter.

Die Mamas und die Papas: Blinde, die alles mögliche sehen, wenn sie erst einmal so weit sind, daß sie sich hemmungslos lieben. Sie sehen alles mögliche, und ich frage mich, ob die Liebe wirklich so wunderbar ist, wenn man davon noch ganz blind wird. Ich habe gehört, daß es vorkommt.

Ich jedenfalls lege keinen Wert darauf, nähere Bekanntschaft mit dieser Art von Liebe zu machen. Wenn man sich und andere dabei nur umbringt. Wenn das das einzige ist, was man für die, die man liebhat, tun kann, und weiter nichts.

Ist es mit dir jetzt schon soweit, Mama? Aber wen willst du umbringen? Wollen... na ja, geht noch. Aber können... Nein, das kann ich nie und nimmer glauben.

Ich lege einfach, ohne sie nach ihrer Meinung zu fragen, meinen Kopf in ihren Schoß, und sie rückt, um mir Platz zu machen, mitsamt der Sitzbank ein wenig vom Tisch ab. Ihr Blick ist ein einziger Umhang aus Licht, der mich zudeckt mit seiner irisierenden Zärtlichkeit, die so viel älter ist als die Traurigkeit der Worte. Meinem Herzen wachsen Flügel, und die Tanzlust beginnt sich zu regen. Ich schäme mich nicht im geringsten, so über alle Maßen glücklich zu sein.

Lieber Gott, ich verliere mein Vertrauen. Vielleicht habe ich mein Vertrauen auch schon verloren: lange zuvor. Wovor denn...? Davor! Und jetzt bleibt mir nur noch zu sterben. Vielleicht bin ich auch schon tot. Wenn es Menschen gibt, die, ohne tot zu sein, zu leben aufhören, alles vergessen, ihren Schmerz vergessen und vergessen, um Hilfe zu rufen, dann bin ich tot. Menschen, die wie ich nichts tun als zu sein, wie sie immer sind, und zu tun, was sie immer taten.

Auch wenn man tot ist, kann man noch sehr häßliche Dinge denken. So wie ich in diesem Moment: sich sagen, so lebendig man auch ist, daß man tot ist. Und in einem solchen Moment ist es nicht nötig, daß jemand deine Gedanken kennt, du selbst wirst ein anderer, wirst zu diesen Leuten, denen du das Schauspiel deiner Gedanken und deiner Erniedrigung bietest. Man vergißt seinen Stolz, man ringt die Hände, knirscht mit den Zähnen, läßt den Kopf sinken, und vor wem? Vor dem eigenen Ich.

Da ist es schon besser, man macht es wie die Prinzessin, deren Geschichte mir Papa erzählt hat. Diese Prinzessin dachte sich Abend für Abend eine Geschichte aus, die sie dem König, ihrem Ehemann für eine Nacht, erzählte, um nicht sterben zu müssen. Und am folgenden Morgen lebte sie noch. Sie hätte tot sein müssen, doch sie war es nicht, und so ging es fort von Nacht zu Nacht. Sie starb deshalb nicht, weil sie ihre Geschichten einem König erzählte, der jedesmal gespannt auf die Fortsetzung war und der jedesmal sagte: Morgen sehen wir weiter. Und am Morgen des folgenden Tages sagte er wieder: Morgen sehen wir weiter. Und immer wieder war die Geschichte aus demselben Grund noch nicht zu Ende.

Ich sollte es eigentlich genauso machen: Geschichten erzählen, um nicht tot zu sein, um nicht sterben zu müssen. Das sollten eigentlich alle bedenken, denn das Leben will, daß man die Straße des Glücks einschlägt. Nur auf dieser Straße entlangzulaufen, ist schon Glück.

Aber wo ist der König, dem man die Geschichte erzählen könnte? Man hat doch nicht jeden Abend einen König in der Nähe. Meiner ist schnell gefunden: Es ist mein Papa. Er wird mich schon hören, da unten, wo er jetzt ist. Und ich fange an, habe schon angefangen: Er ist dorthin gegangen, um voller Leben zurückzukommen. Denn wenn er hier ist, kommt unweigerlich der Moment, an dem er kurz davor ist zu sterben. Und in diesem Moment ist die Gefahr, ihn zu verlieren, am größten. Obwohl dieser Moment dem Paradies, falls es eins gibt, am nächsten kommt. Und dann geht er fort. Solange du dort bist, weißt du nicht unbedingt, daß du im Paradies bist. Du mußt erst daraus vertrieben werden. Ich habe den Eindruck, daß das Paradies zu zweien nicht funktioniert. Das geht immer schief. Man muß ganz allein dort sein oder mit allen zusammen.

Daß ein Mensch, zu dessen Herzen man spricht – und sei er noch so weit weg –, einen nicht hört, bezweifele ich. Und so bezweifele ich auch kaum, daß mein Papa mich hört. Ob ich ihm sagen soll, daß ihr Zimmer, Mamas und Papas Schlafzimmer, wie im Zauberschlaf und die Dinge darin auch im Zauberschlaf auf seine Rückkehr warten? Nein, mit derlei Banalitäten werde ich ihn nicht behelligen.

Ich bleibe einfach noch ein bißchen in diesem Zimmer, in der Nähe dessen, das da wartet, wie man ganz deutlich spüren kann. Papas Geruch hängt noch in der Luft. Und alles ringsum atmet diesen Geruch ein, während es Wache hält, um ihn zu beschützen: Mauern, Teppiche, Möbel, Bücher. Wie sie, warte auch ich ohne Trauer oder Tränen. Wie sie, halte auch ich Wache. Mama ist nicht gerade begeistert, wenn ich mich hierher zurückziehe. Sie sitzt mit einer anderen Frau in der Küche, und sie erzählen sich ihre Geschichten. Tun sie das auch, um nicht sterben zu müssen?

Aber jetzt hat Mama bestimmt nicht gemerkt, daß ich heimlich zurückgekommen bin. Ich bin ganz allein im Zimmer und tue alles, um mich nicht in Erinnerung zu bringen. Sobald Papa uns den Rücken kehrt und sich davonmacht, sinkt hier etwas in tiefen Schlaf. Etwas, das nur dann erwacht, wenn ich hier bin und sie, die Dinge, jene, die ihm gehören, und die anderen, von ihrem Platz aus wieder anfangen, mich zu befragen, mich unerbittlich auszufragen, ob man sie wohl im Stich gelassen habe. Einmal mehr wollen sie alle nur das eine wissen.

»Nein«, sage ich zu ihnen und lege den Finger auf den Mund, »man hat euch nicht im Stich gelassen. Er wird wiederkommen. Glaubt ihr denn, er ließe mich im Stich? Nicht im geringsten. Er ist nur nach dort unten gegangen, um von dort viel lebendiger zu uns zurückzukommen und dieses Leben mit uns zu teilen. Mit uns, die er so vorfindet, wie er uns verlassen hat. Gerade so, als hätte er uns keine Sekunde lang verlassen. Und jetzt still.«

Derart beruhigt verstummen sie, und was vorher schlief, schläft wieder ein. Ich leiste ihnen allen noch einen Augenblick Gesellschaft. Sie, die sich in Geduld üben, ohne ihre innere Unruhe zu zeigen, und ich, wir sind uns ähnlich, wir sind das nun schon zwangsläufig gewöhnt. Doch manchmal ist Warten auch lautloses Weinen.

Für diejenigen unter ihnen, die verlernt haben zu schlafen, erzähle ich jetzt meine Geschichte, wie die Prinzessin in ihren Nächten. Sie haben diese Geschichte schon oft gehört, aber es ist ihre Lieblingsgeschichte. Denn man kann nur die schönen Geschichten wiederholen, Besucherinnen, die man mit Freuden wiedersieht, auch wenn man sie noch so gut kennt. Und nachdem sie ein Stündchen in deiner Gegenwart zugebracht haben, trollen sie sich zufrieden von dannen, hocherfreut über den freundlichen Empfang, den man ihnen bereitet hat.

Um meine Zuhörer nicht länger auf die Folter zu spannen, fahre ich fort.

Ich sage: Papas Land, falls ihr da mal hinkommt, ist eine Wüste. Überall Sand, nichts als Sand. Kein Mensch kann sich je so viel Sand vorstellen. Geschweige denn die Sandkörner zählen, es wäre kein Ende abzusehen. Da zählt man schon besser die Sterne am Himmelszelt. Nirgends gibt es so viel Sand, mehr, als ihr je zählen oder bis wohin ihr laufen könntet. Und man muß gar nicht wissen, wie man sich darin zurechtfinden soll: In einer Wüste ist man überall in der Mitte, sagt Papa. Ich stehe also genau in der Mitte, dieser Mitte, die überall ist. Und man kann reisen, ohne sich von der Stelle zu rühren, man ist immer schon da, wo man gerne wäre. Und überall in der Mitte. Papa hat das oft genug wiederholt. Und da es sein Land ist, kann man ihm auch glauben. Das ist sein Land: Also kann mir kein Mensch je verbieten zu sagen, daß es mein Land ist, auch wenn ich schon ein Land habe, ein Land mit mehr Schnee als sonst etwas. Und wo es überall nur nach Tannen und nach Kälte riecht. Aber wo man, genau wie dort unten, überall in der Mitte steht. Unser Sand ist der Schnee. Ich kenne jetzt also den Schnee und den Sand. Und in gewisser Weise sind sie Geschwister.

Im Augenblick bin ich mitten in diesem Schnee aus

heißem, brennend heißem Sand. Ich, die ich aus meinem Land komme, mag es, wenn er so heiß ist, hier in der Mitte, wo man die Sonne mit der Hand einfangen kann und dabei auf ich weiß nicht was wartet. Auf das, was passieren wird. Denn etwas wird passieren, da bin ich mir sicher.

Schon ist es passiert! Ich mußte nur meinen Blick fest auf den Horizont heften, und schon hat es mich hinweggetragen, weit fort, immer weiter und weiter fort. Um mich wo in dieser Wüste abzusetzen? Vor einem Beduinenzelt. Es wird von Pflöcken gehalten, ein rundes Dach aus braunem Tuch, so rauh wie Ziegenleder, ohne irgendwelche Wände, die bis zum Boden reichten.

In der Nähe des Eingangs, mit weißem Bart, weißem Turban und ganz und gar weiß gekleidet: ein Scheik, und mir scheint, er sitzt dort nur wegen mir. So wie er da sitzt, im Schneidersitz und ganz in Weiß, weiß ich plötzlich, daß es mich, so wie ich hier stehe, in meinem nicht minder weißen Kleid, hierher verschlagen hat, damit ich ihn endlich kennenlerne.

Ich habe nie einen eigenen Großvater gehabt. Diesem da sehe ich auf den ersten Blick an, daß er der Vater meines Vaters ist und kein anderer als mein Großvater sein kann. Er paßt zu mir. Er gefällt mir. So verbunden fühle ich mich ihm schon, daß ich, ohne mich weiter zu vergewissern, einfach herausplatze:

»Grüß dich, Großvater.«

Er ist weder überrascht, daß vor seiner Nase dieses kleine Mädchen auftaucht, noch daß sie ihn einfach so begrüßt. Er scheint sich auch nicht zu wundern, daß man ihn Großvater nennt. Und warum sollte er auch, wenn er es ist?

Er beobachtet mich scharf und zugleich distanziert, und das dauert und dauert, und während der ganzen Zeit kein einziges Wort, kein einziger Ton. Selbst unter dem Bart ist sein Gesicht, das merkt man, vom vielen Schweigen ganz ausgehöhlt.

Und dann, als wäre er sehr viel weiter weg, als er es sowieso schon ist, entscheidet er sich:

»Friede sei mit euch.«

Mit *uns*? Sieht er denn nicht, daß ich allein gekommen bin?

»Ich bin allein, Großvater.«

»Du bist nicht allein. Du hast einen Engel zu deiner Rechten, einen Engel zu deiner Linken. Niemand ist je allein.«

Ich sage mir: Fängt ja gut an, wenn es gleich mit Engeln losgeht, die um einen herum sind. Zum Teufel aber auch, davon habe ich bisher ja noch gar nichts gemerkt! Doch ab sofort, ihr diskreten Engel, werde ich nie wieder vergessen, daß ihr mir zur Seite steht.

Jetzt bin ich wieder dran:

»Großvater«, sage ich, »du wußtest nichts von uns, von mir und den Engeln. Wir kommen eben erst aus dem Lande des Schnees, und heute wirst du uns kennenlernen. Und sicher erkennst du uns sogar wieder. Aber zunächst einmal, wozu dieser ganze Sand hier um dich herum?«

Er hat es mit einer Antwort nicht eiliger als vorhin. Hat er wenigstens meine Frage verstanden? Ich denke schon. Es ist nur so, daß meine Worte offenbar in einen Brunnen gefallen sind, und dieser Brunnen, in dem sie verschwunden sind, ist sein leuchtender und verhangener Blick.

Blick und Gesicht sind unergründlich, und er selbst ist vielleicht in ein ewiges Zwiegespräch mit seinen Engeln vertieft. Ein Beduine geizt mit seinen Worten, er geizt mit seinem Atem, er geizt mit seinen Bewegungen: mit allem, nur nicht mit seiner Zeit, hat Papa immer gesagt. Mein Großvater, der auf andere Stimmen zu horchen scheint, läßt sich viel Zeit. Papa hat ganz richtig gesagt: Ein Beduine kann warten. Er muß gute Gründe für sein Verhalten haben. Was hat er dabei schon zu verlieren?

Der stattliche Scheik mit dem weißen Bart läßt sich viel Zeit, und gleichzeitig läßt er sich auch seinen Kaffee munden. Hatte ich das schon bemerkt? Und der Wind kräuselt und glättet den Sand und entreißt der blendenden Reinheit der Wüste weniger einen Gesang oder ein Klagelied als vielmehr eine Erzählung, die aus denselben, aus den ewigselben Wörtern besteht, den einzigen, die er kennt.

Großvater stellt die Tasse, die er bedächtig an seine Lippen geführt und aus der er doch kaum getrunken hat, zurück auf das Tablett.

»Was ist Schnee?«

»Was Schnee ist?«

»Beantworte erst meine Frage. Dann verrate ich dir auch, warum es hier so viel Sand gibt.«

Diese Frage! Einfach so: Was ist Schnee? Ich falle aus allen Wolken, als wenn ich der höchste Baum unseres Gartens wäre. Ich weiß nicht, was ich ihm antworten soll. Ich wende nur vorsichtig ein:

»Was er wirklich ist, das läßt sich nicht mit Worten sagen.«

Und er sofort:

»Was der Sand wirklich ist, läßt sich auch nicht mit Worten sagen.«

»Der Schnee erzeugt Stille.«

»Der Sand erzeugt auch Stille.«

Ich will unbedingt, daß er versteht, und deshalb füge ich hinzu:

»Und gleichzeitig zwingt er einen dazu, ihn zu betrachten und dabei zu schweigen.«

»Der Sand genauso. Er zwingt den Menschen, den Himmel und die Erde, ihn zu betrachten und dabei zu schweigen.«

Wie mich aus der Affäre ziehen und ihm sagen, was das ist: Schnee, eigentlich eine ganz simple Sache. Ich suche. Ich stelle fest, daß ich am falschen Ende begonnen habe.

»Er leuchtet, er ist weich und zerfließt zwischen den Fingern.«

Er schöpft eine Handvoll Sand vom Boden, der ihm in dünnen Strahlen durch die Finger rinnt.

»Meinst du so? Er leuchtet und ist weich.«

»Nein, nicht so. Aber fast so.«

»Wie dann?«

»Er ist sehr kalt und kann so warm sein wie ein Federbett.«

»Der Sand ist bei Tag ein warmes, bei Nacht ein kaltes Federbett. Das Reden über eine Sache ist nicht die Sache selbst.«

»Und wenn man *Schnee* sagt oder *Sand*, was tut man dann?«

»Man sagt Wörter. Die Wörter sagen, was man will.«

»Und wie sagt man eine Sache?«

»Die Sache läßt sich nicht sagen.«

Dieses Mal fällt mir die richtige Frage ein, und ich stelle sie:

»Und ihre Namen? Sie haben doch alle einen Namen?«

»Bisher hat noch keine Sache ihren Namen gesagt, auch wenn sie einen hat.«

Mein armer schöner Schnee, ich frage mich, wie ich dich noch beschreiben soll, damit ein Großvater, der auf nichts anderes wartet, dich begreifen, dich erfühlen kann. Ich zerbreche mir den Kopf, und mir fällt noch immer nichts ein.

Mehr um den Schnee und mich selbst zu trösten, sage ich:

»Der Schnee ist rein.«

Und der Scheik, wie ein Echo:

»Rein ist der Sand, und er reinigt die ganze Welt. Jetzt weißt du, warum ich mich mit so viel Sand umgebe.«

Mir bleibt nur noch festzustellen:

»Die Welt ist stumm, das ist der Punkt, ja?«

»Wir allein sprechen, und wir sprechen für die Dinge.«

Ich denke bei mir: Dann ist die Welt also wie diese Kinder, die nie den Mund aufmachen, die auch so auskommen und sehr gut damit leben. Sie sind den Dingen ähnlich. Warum nicht, wenn es ihnen gefällt?

Eine Vorstellung, die mir trotz allem völlig unerträglich ist.

»Die Welt ist voll mit Dingen und Bildern«, sage ich, »das ist ihre Art zu sprechen.«

»Warum bist du bis hierher gekommen, um zu erfahren, was du schon weißt?«

Ich möchte ihm sagen, aber nein, bis zu eben dieser Minute wußte ich es nicht, ihm sagen, aber nein, ich stehe nicht erst seit ein paar Minuten oder seit Jahren hier vor ihm, sondern schon immer. Ob es mir gelingt? Ganz bestimmt, hätte ich ihn nicht im Verdacht, das schon lange vor mir begriffen zu haben.

Und um die Sache zu einem Ende zu bringen, sage ich:

»Du hast mich angesehen, hast mich genau betrachtet, und ich habe keine Angst gehabt, daß du mich vielleicht nicht akzeptieren könntest.«

Seine Augen ziehen sich mit einem Lächeln zusammen, das aus ihnen zwei leuchtende Striche macht. Stumm lächelnde Augen, stumm lächelnde Lippen und dazwischen eine makellose Schnur von Zähnen.

Er sagt seine Meinung mit erhobener Stimme, damit ich sie auch zur Kenntnis nehme:

»Wir warten zwei Tage ab. Dann wissen wir, woran wir sind.«

Es ängstigt mich nicht, so beobachtet zu werden, wie ich glaube, daß er mich jetzt beobachtet. Der ferne Glanz seiner Augen scheint aus noch größerer Ferne zu kommen und etwas in mir zu suchen.

Ich sehe ihn ebenfalls eindringlich an und versuche, dasselbe in ihm zu entdecken.

Zwei Tage, hat er gesagt? Von mir aus kann's losgehen.

Zwei Tage später mache ich ihm wieder meine Aufwartung. Er empfängt mich mit folgenden Worten:

»Es bleibt noch alles zu tun.«

»Was denn zu tun?« frage ich.

»Alles.«

Mit dem Kopf deutet er auf eine Düne, die ein wenig höher, doch nicht minder rund, nicht minder seidenglänzend als ihre Schwestern ist.

»Geh hin und tauche ein in ihren Sand.«

Als er meine Verwunderung sieht, fügt er gnädig hinzu:

»Unser Schnee. Du wirst jetzt dein erstes Bad darin nehmen.«

Ich gehe hin. Ich schwimme in Sand, ich tauche ein in den Sand, ich tauche unter.

Ich komme zurück. Er empfängt mich mit demselben unbeweglichen Lächeln aus Augen, die sich nur eine Messerklinge breit über der Pupille öffnen. Die Lippen sind eine Spur nachgiebiger und geben durch einen nicht mehr ganz so schmalen Spalt den Blick auf die weiße Reihe der Zähne frei.

Wortlos schenkt er Kaffee ein, erst in eine, dann in eine zweite Tasse. Er reicht mir eine davon.

»Ich trinke keinen Kaffee«, sage ich.

Noch ehe er die Tasse auf das Tablett hat zurückstellen können, erkläre ich schon:

»Milch, ja. Wasser, ja. Kaffee, nein.«

Er nickt, die Hand mit der Tasse noch in der Luft, und murmelt unverständliche Worte:

»Sie werden Gärten, durch die Bäche fließen, ihr eigen nennen.«

Dann spricht er mit normaler Stimme weiter:

»Also Wasser und Milch.«

Er stellt die Tasse auf das Tablett zurück, langt mit dem Arm in eine Obstschale.

»Und Datteln?« fragt er und greift zwei heraus, um sie mir anzubieten.

»Kenne ich nicht. Aber ich probiere sie mal.«

Er deutet mit dem Kopf eine leichte Verbeugung in meine Richtung an.

»Zuviel der Ehre.«

Ich mache es mir ihm gegenüber bequem und kreuze wie er die Beine. Ich stecke mir eine Dattel in den Mund. Das erste Essen, das ich bei meinem Großvater zu mir nehme. Es ist so neu, so ungewohnt, wie Gold, das auf der Zunge zergeht und zu Honig wird.

»Ich wüßte nicht zu sagen…«

»Dann sag einfach nichts.«

»…was das ist.«

Mit einem Mal verfängt sich sein Blick im Sand, und er läßt die flache Hand darauf niedersausen, mit einem Tempo, das ich ihm gar nicht zugetraut hätte. Vermutlich drückt er so seine Freude aus. Ach, bin ich dumm! Er hat ein Tierchen geschnappt, ein kleines Ungeheuer, so wie die Schnauze aussieht, ganz zu schweigen vom Schwanz, der wie wahnsinnig in seiner knotigen Faust hin- und herschlägt.

Ich weiche zurück und rufe entsetzt:

»Oh, nein! Bitte nicht!«

Dann, noch immer mißtrauisch und beunruhigt:

»Was ist das denn?«

So was wie das habe ich ja noch nie gesehen, die Haut ist von Türkisen übersät und dazu, obwohl es kaum eine Handvoll Tier ist, dieses wilde Äußere. Und trotz allem anrührend, so wie es vor Angst mit dem Schwanz peitscht und mit den Lidern flattert. Armes Ungeheuer!

»Weißt du, was ich hier habe?« fragt Großvater und blickt auf seine Faust.

Ich schüttele den Kopf samt allen Locken.

»Nein, keine Ahnung.«

»Meinen treuen Gefährten. Den wirst du jetzt nehmen.«

»Ich, den nehmen!«

Ich verkrampfe mich, sträube mich, weiche zurück. Aber eine Stimme flüstert mir zu: »Du mußt da jetzt durch, Lyyli Belle.«

Und ich sage:

»Ja, gut.«

»Er weiß alles über die Wüste. Wenn er dir gesagt hat, was er weiß, kannst du ihn laufen lassen. So, und jetzt zurück in die Dünen.«

Schon wieder diese Dünen, er deutet mit der um das Tier geschlossenen Faust die Richtung an. Ich stammele ein ersticktes Ja und nehme, mehr tot als lebendig, das schuppige Ungeheuer in Empfang, in dessen Hals das Herz noch viel heftiger als das meine zu pochen scheint. Seine Augen sehen so aus, als sonderten sie Tränen ab. Und plötzlich habe ich mehr Mitleid als Angst. Es bleibt ganz ruhig in meiner Hand, als fühle es sich schlagartig in Sicherheit.

Ich entferne mich vom Zelt und suche mir ein Plätzchen im Sand, dem einzigen, was es neben dem Himmel hier gibt. Ringsum Dünen, die so rosa sind wie der Himmel blau, so weit das Auge auch reicht, und sonst nichts. Ab und zu überzieht das Licht die Wüste mit einem schneeweißen Schimmer.

Ich stelle mir haufenweise Fragen, Fragen zu diesem armen Tier, was nun mit ihm geschehen soll, und zu mir, was ich in dem Ganzen eigentlich soll, ich, die ich hier stehe und nachdenke, in der Mitte einer Wüste und am Ende aller Dinge, aber nicht ohne an diesem Ende den Vater meines Vaters gefunden zu haben, einen Scheik, der mir als Geschenk eine Eidechse oder, egal, einen Basilisken überreicht, und der sonst nichts hat, auf das er zählen kann, und das ist schon alles, was man weiß. Dann und wann überläuft es mich kalt, und ich fühle mich elend, dabei ist es doch so heiß! Was vermag dieses unglückliche Ungeheuer mir schon beizubringen? Mit mir reden? Aber wie sollte das gehen?

Auf meiner Düne, den Gedanken nachhängend, dem sich bis zum Horizont erstreckenden Sand beim Träumen zusehend, dem Himmel, der auf einen Schlag aus diesem Horizont emporsteigt, um sich endlos auszubreiten: Der Anblick allein geht dir ans Herz, dieser Anfang, der kein Ende kennt. Eine das Auge verschlingende Leere. Ihr Licht tarnt sich manchmal als Gestalt. Eine Gestalt, die aus einer Geheimtür in der Luft heraustritt und sofort, dich blendend, zum Angriff übergeht, aber du merkst nichts, ahnst nichts, fühlst nichts, und schon schlüpft sie durch eine andere Tür davon und löst sich wieder in Luft auf.

Aber nehmen wir einmal an, daß dieses Tier spricht, was könnte es mir dann wohl sagen, und welchen Nutzen hätte ich davon? Ich halte es noch immer fest und noch immer mit ziemlichem Widerwillen, achte darauf, daß es mir nichts tut und ich es nicht erwürge. Es hat noch kein einziges Wort gesagt. Es hat lediglich den Schwanz bewegt, und selbst das nur ganz vorsichtig. Schlafen oder Tränen hervorbringen ist alles, was es kann. Es spricht vermutlich nur drinnen in sich und nur für seinen persönlichen Gebrauch.

Ich weiß: Tiere haben eine andere Art zu sprechen, und wenn man sich für das, was sie sagen, interessiert, muß man sie in Ruhe lassen und abwarten. Dieses hier werde ich jetzt in den Sand setzen, mag es hinlaufen, wo es will, dann sehen wir weiter.

Gesagt, getan. Es scheint sich zu wundern über seine

neue Bewegungsfreiheit. Lockert sich langsam, sozusagen Stück für Stück, auf der Stelle. Dann kriecht es los, geradeaus, bald hier entlang, bald dort entlang, doch niemals sehr weit, fühlt sich in Sicherheit oder nicht, das ist im Moment kaum zu sagen. Kriecht noch ein bißchen weiter und schwupp! ist es weg, nicht mehr zu sehen. Ist im Sand verschwunden, hat sich in Sand aufgelöst, hat nur die Abdrücke vergessen, die seine Krallen im Sand hinterlassen haben, Abdrücke, die so deutlich eingeprägt sind wie in Marmor. Dann war diese ganze Sandwüste also das leere Blatt, das von ihm beschrieben wurde. Ist das seine Art zu sprechen?

Aber was hat es dann geschrieben? Ich betrachte aufmerksam die Krakel, studiere sie. Alles, was dabei herauskommt, sind Kopfschmerzen. Nicht der geringste Hinweis, sie sagen mir einfach nichts. Stur wie ich bin, versuche ich trotzdem noch eine Weile, sie zu entziffern.

Nichts und nochmal nichts, ich komme nicht weiter.

Ich gebe auf, das reicht jetzt. Ich kehre zu meinem Großvater zurück, ich werde ihm mitteilen, was passiert ist. Eigentlich ja so gut wie nichts. Kein einziges Wort, nicht die kleinste Antwort auf irgendeine Frage. Aber jetzt werde ich ihn auffordern, sich zu erklären.

Ich treffe ihn so an, wie ich ihn verlassen habe: im Schneidersitz vor dem Zelteingang, ein Lächeln dringt aus zwei Augenschlitzen und leuchtet in seinem weißen Bart. Hat er damit gerechnet, mich so bald schon wiederzusehen? Bei näherer Betrachtung muß ich gestehen, ich wüßte es nicht zu sagen. Ja und nein. Und wenn derlei möglich wäre, würde ich sagen, beides zugleich.

Ohne groß drum herum zu reden, erzähle ich ihm, was seinem Gefährten, dem Basilisken, wenn er denn so heißt, zugestoßen ist und wie er nur eines im Sinn gehabt hat, nämlich mit seinen Krallen im Sand herumzukritzeln, ohne je zu geruhen, den Mund aufzumachen oder mir die Gnade einer Offenbarung zuteil werden zu lassen.

»Und vor allem hat er sich so schnell, daß ich es nicht einmal gemerkt habe, aus dem Staub gemacht«, schließe ich.

»Die *atlals!*« ruft da der alte Herr mit vor Rührung zugeschnürter Kehle aus, eine Reaktion, die mich völlig verblüfft.

»Die was?«

»Geh nochmal zurück, dahin, wo du das Tier abgesetzt hast und lies, was es geschrieben hat. Das sind *atlals,* ohne jeden Zweifel. Geh, Töchterchen.«

Ich laufe dahin, wo ich die falsche Schrift des Basilisken wiederzufinden glaube. Sie ist nicht mehr da! Der Sand ist von neuem das leere Blatt, das er war und für alle Zeiten bleiben wird, der Wind, dieser Wind, der keine Atempause kennt, hat darüber hinweggeweht und, so schwach er auch war, die Schrift ausgewischt. Zu spät.

Wider jede Hoffnung, jede Vernunft forsche ich trotzdem weiter. Verlorene Liebesmüh. Ich wußte ja auch schon tief in mir, daß da nichts mehr zu machen ist.

Zum Zelt zurückgekehrt, bleibe ich auf der Schwelle stehen und verkünde:

»Zu spät. Der Wind hat schon alles verweht.«

Doch kein Großvater. Der stattliche weißgewandete Scheik ist weder unter seinem Zeltdach noch sonst irgendwo. Keine Spur von ihm, so weit die Wüste auch reicht.

Also nehme ich seinen Platz ein.

Mama behauptet, ich sei eine Schlafwandlerin.

»Und was tut eine Schlafwandlerin?«

»Die läuft im Schlaf auf dem Dach entlang und wirkt dabei so, als liefe sie eine breite Straße entlang.«

»Aber Mama, das muß doch schrecklich beeindrukkend sein, so etwas zu sehen. Findest du nicht?«

»Ja, vor allem schrecklich. Man wird von einer Art Entsetzen gepackt. Man will der Person zu Hilfe eilen und hat gleichzeitig Angst, sie vom Dach fallen zu sehen.«

»Und so eine bin ich?«

»Ja. Du siehst nicht die Dinge, du siehst durch die Dinge hindurch. Und glaubst dabei, daß du sie siehst.«

»Bin ich schon mal auf unser Haus geklettert, um dort schlafzuwandeln?«

»O schweig still, Lyyli Belle. Ich hätte gar nicht davon anfangen sollen.«

»Hast du aber.«

»Habe ich, aber ich höre nicht gerne, wenn du es nachmachst.«

»Ich würde das gern mal erleben. Wenigstens einmal! Ich glaube, jeder würde das wirklich gern wenigstens einmal erleben.«

»Sei still, sei endlich still.«

Aus ihrer Stimme spricht das Grauen, doch ihre Augen lächeln.

»Mama, weißt du, wie das ist, wenn man vor einer verschlossenen Tür steht, und hinter der Tür ist vielleicht nichts, vielleicht aber auch etwas, von dem man sich keine Vorstellung macht, etwas, das ungeheuerlich sein muß, weil es so ganz und gar unvorstellbar ist, und wenn man dann von der Neugier gequält die Hand auf den Griff legt und sich fragt: *Soll ich öffnen oder nicht?* und du schlotterst vor Angst, versuchst zu erraten, was hinter der Tür lauert, dich erwartet, du befürchtest sogar, sie könne sich von selber öffnen und das Ding freigeben, dessen Anblick so unerträglich ist wie der Gedanke daran, du stehst starr und reglos, ohne den Griff zu drehen, aber auch ohne die Hand von diesem Griff zu nehmen und zurückzugehen, du denkst, du hast zu leben aufgehört, um dich herum steht alles in Flammen, die Welt brennt, die Männer, Frauen, Kinder dieser Welt sind nur noch Fackeln. Nein, ich sehe und gehe nicht einfach durch die Dinge hindurch. Ich stoße mich vielmehr an jedem von ihnen wie an dieser Tür, und ich warte... Wie vor dieser Tür.«

»Ich verstehe dich nicht, Lyyli Belle. Warum macht es dir Spaß, mir Angst einzujagen?«

Und ihre Augen lächeln dieses Lächeln, das sie immer dann, wenn wir zwei allein sind, an einen unsichtbaren Dritten zu richten scheint. Eine stumme Aufforderung an diesen unsichtbaren Dritten, denn sprechen darf man bei ihr niemals *davon*. Aber man gelangt bei ihr immer schnell ans Ende der Sprache. Ganz schnell ganz weit weg, ganz woandershin, in ein Leben ohne gute oder schlechte Erinnerungen, Inseln oder Inselgruppen, die im Wasser treiben. Wie in diesem Raum, den ich ja nun kenne, in dem man auch schnell ans Ende des Schweigens gelangt, Raum voller Leichtigkeit, doch an seinen fernen Rändern von einer ungeahnten Last beschwert, Raum, der eingehüllt ist in unwiderrufliche Transparenz und sich den Anschein von Nähe gibt, ohne einem deshalb näher zu sein, wie in diesem Raum, o ja, ganz aus Sand, o ja, wo ich meinem Großvater, einem stattlichen Scheik, begegnet bin, wo ich auch jetzt wieder bin, wo ich komme und gehe. Ich bin dort unten, bin dorthin zurückgekehrt, selbst wenn ich hier bin.

Immer wieder kommt dieser Augenblick, wo man noch nicht verloren ist, dieser sich wiederholende Augenblick, wo man noch weniger verloren ist als jemals zuvor. Ach, Vater, Vater... Dieses ist unsere Geschichte, deine und meine Geschichte, wird immer unsere Geschichte sein.

Ich habe dich dort nicht getroffen. Das ist dein Land, wird es immer bleiben, doch dich habe ich dort nicht getroffen. Dich nicht, aber deinen Vater habe ich getroffen, meinen Großvater, der sichtbar dorthin gehört, von Kopf bis Fuß in weißes Tuch gekleidet. Ihr seid euch nicht besonders ähnlich, Vater und Sohn. Der Blick deines Vaters ist ein Sternenlicht, das durch halbgeschlossene Lider dringt. Wenn seine Augen dich anblicken, blickt ein Stern dich an und scheint dich anzulächeln, obwohl er in Wahrheit vielleicht gar nichts tut. Derselbe blaue Schimmer dringt zwischen seinen Lippen durch, zusammen mit den wenigen Worten, die er manchmal versehentlich fallenläßt.

Nie hat er gesagt, daß er mich liebt. Sein zweifaches Lächeln, von Augen und Mund, hat das zur Genüge getan. Immer geizt er mit Worten. Du auch, Papa, du geizt auch mit Worten, aber auf andere Art, nach Art derer, die nur die passenden Worte wählen und nur die passende Anzahl von Wörtern verwenden.

Unvergängliches Bild der Wüste: vor dem Zelt sitzend hob der Großvater schweigend eine gegerbte Hand und wies wortlos auf die Unendlichkeit des Sandes hin. Und da begriff ich: Das Sternenlächeln bat mich, der Welt zu gedenken, wenn sie zur Wüste wird, und Mitleid mit ihr zu haben. Trotz ihrer Größe, die der Größe einer Wüste in nichts nachsteht, mit ihr Mitleid zu haben.

Er hütete seine Sanddünen, saß in der Mitte, dieser Mitte, die man überall findet. Genau wie ich, die ich hier die Bäume und die Blumen hüte, die Wiesen und die Seen und den herben Geruch des fallenden Herbstlaubs. Und den Schnee. Den Schnee, der ebenso wenig eine Begrenzung duldet wie der Wüstensand. All diese Dinge, so wie sie sind und sein wollen: in ihrer einzigartigen, unerschöpflichen Bestimmung.

Mein Großvater kennt seinen Todestag und ich, so scheint mir, den meinen. Zwischen uns ist Papa, mein Papa, der mein Vater und sein Kind ist, im selben Abstand zwischen ihm und mir, mit derselben Stimme im Blut sprechend, die aufwärts und abwärts vom einen zum anderen von uns dreien geht, egal, ob der eine (mein Großvater) in einer Wüste sitzt und die andere (ich) in den Wäldern und zwischen uns Papa. Vor der Haustür dieser Wald, in dem wir es uns jetzt tatsächlich bequem gemacht haben, Mama und ich, an diesem schönen und friedlichen Nachmittag mit seinen Lichtern und Schatten, die sich wiegen, uns Gesellschaft leisten und uns durch die Bäume hindurch liebkosen. Der Augenblick scheint günstig, um Mama die Frage zu stellen:

»Kennst du deinen Todestag? Ich kenne meinen.«

Sie bekam als erstes eine Art Schluckauf. Als hätte ihr jemand einen Eimer Wasser ins Gesicht geschüttet.

»O, Lyyli Belle, du machst mich noch mal verrückt mit deinen unmöglichen Fragen!«

Dann, mit dieser halb ertrunkenen Stimme wie von jemandem, der noch nicht wieder richtig Luft geschöpft hat, fügt sie hinzu:

»Mein armes Mädchen.«

»Warum dein armes Mädchen? Wenn man weiß, was genau sich hinter den Dingen versteckt, was es mit allem wirklich auf sich hat.«

Ich strecke ihr die Zunge heraus. Sie nimmt mich fest in die Arme, drückt mein Gesicht in ihren Busen, ihren Duft. Das macht sie nicht oft: Sie hat wohl Angst um mich in dieser Minute, oder das Mitleid hat sie gepackt. Ein wohliges Gefühl ist das, ein angenehmes Gefühl, wenn irgend etwas diesen Namen verdient. Ich schmiege mich an ihren weichen Körper mit seinem beruhigenden Geruch. Die Bewohner des Waldes, die uns beobachten, Kiefern, Tannen, Birken, Weißdorn, Brombeergestrüpp und Heidekraut, werden immer dunkler, von Licht umgebene Schatten, aber alle, ohne es sich anmerken zu lassen, wachen über diesen Frieden, damit nichts von ferne eindringen und ihn stören kann. Ihr Interesse daran ist vermutlich nicht geringer als das unsere.

Bliebe noch dieses Etwas, mit dem man niemals fertig wird. Dieses gewaltige Etwas, das sich jedem Zugriff widersetzt. Man hat noch Glück, wenn es uns seine Anwesenheit durch ein Zeichen mitteilt. Ein Glücksfall ist das. So hatte ich, nachdem ich das Verschwinden der Zeichen, die der Basilisk in den Sand gezogen hatte, und zuvor das Verschwinden des Basilisken selbst und dann jenes meines Großvaters feststellen mußte, weiter nichts zu tun als unter dem Zeltdach Platz zu nehmen und mit einer endlosen Wache zu beginnen: Da tauchte vor meinen Augen der alte Scheik wieder auf. Woher? Es lag an ihm, mir das zu sagen. Er kauerte sich bloß draußen hin, mit aufrechtem Oberkörper, und sagte nur das eine:

»Lege Zeugnis ab.«

»Wovon denn?« fragte ich ihn.

»Von dem, was deine Augen gesehen haben.«

»Meine Augen haben vielleicht gar nichts gesehen.«

»Lege Zeugnis ab davon, daß deine Augen vielleicht gar nichts gesehen haben.«

Er hat dieses *vielleicht,* daß ich ihm zugeflüstert habe, mit solchem Nachdruck betont, daß ich dachte, er würde erneut im Sand versinken oder sich schnurstracks in Luft auflösen. Doch weit gefehlt, dieser Gedanke lag ihm fern. Im Gegenteil, er hat noch niemals so sehr gelächelt, noch nie ein derart würdevolles wie auch unbewegliches Gesicht im strahlenden Leuchten seines weißen Bartes zur Schau getragen.

Zeugnis ablegen. Das sei meine Aufgabe, hat er gesagt. Hat mir zuletzt die Mission übertragen, die ich ausführen sollte oder die er mich gern würde ausführen sehen. Verstehst du nun, Mama, was ich sagen wollte und was ich zu tun habe?

»O, mein kleines Mädchen.«

»Glaubst du wirklich, daß ich zu bedauern bin? Bin ich eine Schlafwandlerin, weil ich deiner Meinung nach überall nur Gespenster sehe? Ich habe keines in meinem Bekanntenkreis. Ein Gespenst ist keine bestimmte Person, es spricht auch nicht. Das weiß ich. Nur die Lebenden bringen Worte hervor. Mein Großvater, den ich unter seinem Zeltdach in der Wüste sitzend angetroffen habe, ist lebendig. Und jetzt habe ich ein Ziel im Leben: Zeugnis ablegen, während ich vorher nur die Dinge betrachtet und an nichts Besonderes dabei gedacht habe. Betrachtet und immer nur betrachtet habe. Was nicht einmal so übel ist, aber es ist eben nicht genug.«

Und dann ist da die ganze Unendlichkeit der Wüste, wo ich hingehen kann, wenn ich genug habe vom Zeugnisablegen, wenn ich mal was anderes brauche. Dann finde ich Zuflucht unter Großvaters Zeltdach. Ich werde in die weite Wüste gehen und mir von ihm beibringen lassen, was ich noch nicht weiß. Dazu genügt es schon, daß er mich aus seinen Augenschlitzen heraus anschaut, und dann erfindet sich hinter meiner Stirn etwas ganz von selbst. Irgend etwas... Mein Papa, der kann ruhig kommen und gehen, wie es ihm gefällt, manche Tage bei uns, manche Tage woanders. Mein Großvater aber wird sich nie von seinem Platz wegrühren.

Ich habe auch sagen hören, daß es manchmal passiert, daß man zum Schatten seiner selbst wird. Das wird mir nicht passieren. Wir sind alle beide, ich und mein Schatten, ganz wir selbst, jeder allein, jeder für sich. Wenn es meinem Schatten gefällt, Schlafwandler zu sein, sein eigener Schatten zu sein, nun, in diesem Fall gibt es mehr Schlafwandler, die sich auf der Welt herumtreiben, als man denkt. Man muß sich nur einmal die Leute in seiner Umgebung ansehen. Allen voran Papa, an manchen Tagen macht er genau diesen Eindruck auf mich. Und dann erst Mama! Das zu wissen, löst keines meiner Probleme, aber so ist es mit vielen Dingen. Die wenigsten vermögen einem Trost zu geben.

Die einen wählen den einen Weg, die anderen einen anderen, entweder man begegnet sich und sieht sich nicht, oder man sieht sich, so wie Schatten andere Schatten sähen. Und wenn man begänne, miteinander zu reden, lieber Gott, was hätten Schatten sich schon zu sagen? Nein, so wie die Schatten sind, darf man bei ihnen keine Hilfe suchen. Das wäre verlorene Zeit.

Vielleicht liegt ja eine Erklärung in der Angst, die man hat, sich in den anderen wiederzuerkennen und feststellen zu müssen, daß man viel häßlicher ist, als es einem lieb ist. Ein Bild, das uns nicht zur Ehre gereichte und uns vor Entsetzen vielleicht zurückweichen ließe. Was mich betrifft, habe ich zum Glück Mama und Papa an meiner Seite. Und in Papas Religion wird man von zwei Engeln behütet, einem zur Rechten, einem zur Linken. So habe ich Mama und Papa und meine beiden Engel, den einen rechts, den anderen links.

Wenn sie einem begegnen, sagen die Leute dort unten nicht: »Sei gegrüßt!«, sondern »Seid gegrüßt!«

Wegen der Engel, die dich begleiten.

Es kommt langsam näher. Man hört es nicht, sieht es nicht; man spürt es. Es verändert sich, je näher es kommt. Es kommt allein. Ein Licht. Nur das Herz vermag es zu erkennen. Es sieht dieses Wunder, das sich vorwärtsbewegt und es berühren wird. Da wird es von ihm berührt. Man spürt nichts. Man fühlt sich nur lebendiger, aufgewühlt.

Wie eine Hand legt es sich im selben Moment auf deine Schulter. Du wagst nicht, dich umzudrehen, um zu sehen, wer diese Hand auf die eine oder andere deiner Schultern gelegt hat. Wo du gehst und stehst, ist es dir zur Seite: Ist es einer, sind es zwei? Ach ja, sagst du dir, sie sind's! Die Schutzengel, und du setzt deinen Weg fort. Irgendwann gehst du zu weit. Du bleibst stehen, wartest, daß sie dich einholen und im Gleichschritt mit dir weitergehen. Diese zwei, das war dir ganz entfallen, begleiten dich überallhin, und jetzt fällt es dir wieder ein. Und du begreifst den Himmel, verstehst die Bäume, die horchend im Garten stehen, der in den Wald übergeht. Die Erde im Wechsel ihrer Jahreszeiten, so wandelbar und sich doch immer gleichbleibend. Eine schlafende Landschaft in dir, die von deinem Blut, von deinem Atem lebt, in der Gewißheit, für alle Zeiten in dir geborgen zu sein.

Die Hand auf meiner Schulter verheißt mir das Glück. Ein Schrei wird von irgendwoher aufsteigen, vielleicht aus mir, und so offen, so ehrlich wird sich das Gesicht aller Dinge zeigen, daß ich nicht zögern werde, mich ihnen allen anzuvertrauen, ihnen mein Leben anzuvertrauen, und vor nichts mehr Angst haben werde. Ich bin über und über glücklich. Und da steigt wieder ein Schrei auf.

Ich hatte das alles gewußt, und ich hatte es vergessen. Jetzt erinnere ich mich wieder. Ja, ich erinnere mich. So, wie das Morgenlicht sich an uns erinnert. In Knäuel schlafwarmer Laken verwickelt, liege ich im Bett und spüre das alles: den Tag, die Welt und mich selbst, die die Sonne schon mit ihrem Feuer ansteckt. Und ich wiege nicht schwerer als eine Feder und beginne, lang ausgestreckt wie ich bin, zu schweben. Das Glück kennt nur die Höhenlinien. Es gibt Momente, da ist man, unbändiger als sonst, ganz man selbst inmitten von allem, was existiert.

Ein Selbst, das in dieser Welt keine Bleibe hat, das unablässig kommt und geht und allerorten als Unterpfand sein Bild zurückläßt.

Ein unauslöschliches Bild, und es wird Wache halten, hier vor grünem Grund mit Sonne, *dort unten* vor einer Unmenge von Himmel und Sand. Und überall dort, wo Leben stattfindet, über jeden Ort, der mich lebendig sein läßt.

Was ich vor allem niemals tun darf: zwischen zwei Orte zu geraten. An den einen Ort, ja, an den anderen, ja; dazwischen, niemals. Ich will, daß der eine mich vom anderen aus zu sich ruft, und dann laufe ich zu ihm hin und gleich danach wieder woandershin.

Denn ich glaube, man kommt überall fremd auf die Welt. Doch wenn du dir deine Orte suchst und sie findest, dann wird die Erde deine Erde. Sie wird dann nicht zu dieser furchtbaren Zwischenwelt, an die zu denken ich mich hüte. Der Gedanke, daß so etwas eintreten könnte, empört mich. Nichts hasse ich mehr als diese Vorstellung, keinen Ort zu haben.

Ich übe auf meinem Cello gerade Bach. Eine Musik, die dich an einen Verlust erinnert, aber du weiß nicht, was du verloren hast. Einen dieser Orte? Verloren, ohne daß du es gemerkt hast, und jetzt trauerst du um ihn. Er, der Ort, hätte dich wiedererkannt, mit all seinen Gegenständen. Die Musik von Bach erinnert dich daran, sie stürzt dich in tiefe Trostlosigkeit und spendet zugleich großen Trost.

Ich komme und gehe, weil dieser Mann, der mein Papa ist, ein Fremder ist. Er ist darauf angewiesen, daß ich ihn aufsuche in seiner Fremdheit. Und ich selbst, hier, in meinem eigenen Land, bin ich nicht auch eine Fremde? Und dann kommt er und holt mich aus meiner Fremdheit heraus. Wäre das anders, gäbe es zwei Fremde mehr auf der Welt. Er ist ein Held, und ich will auch einer sein. Bin ich verrückt geworden, solche Reden zu führen? Und von solchen Dingen zu reden? Aber wer hört mich denn schon, wer versteht, was ich zu sagen versuche?

Hoffentlich kommt Papa bald zurück: Er versteht es, mir zuzuhören. Unterdessen bin ich wie die Frucht, die am Zweig schaukelt, ein Apfel, wie wir sie in Mengen im Garten haben, und wie himmlisch sie duften!

Das erinnert mich daran, wie er mich eines Tages neugierig beobachtete, als ich in einen Apfel biß und dabei jedesmal den Abdruck meiner Zähne hinterließ. Wollte er auch mal beißen? Ich habe ihm den Apfel gereicht.

Aber er:

»Du weißt nicht, was du da tust, mein Mädchen.«

»Was denn, Papa, was tue ich denn?«

»Ach, nichts.«

»Nichts? Dann nimm ihn doch.«

Er hat ihn genommen, ihn eine Weile betrachtet, und

ich sah, daß er schon wieder eine Geschichte im Hinterkopf hatte. Er hat sie mir nicht erzählt.

Er wußte mit dem Apfel nichts anzufangen, als ihn oder das, was davon noch übrig war, in seine Jackentasche zu stecken, und dabei versprach er mir:

»Ich esse ihn nachher auf.«

»Warum nicht jetzt gleich? Nachher ist er nicht mehr gut.«

»Ja, ja, mein Mädchen.«

Er hat ja ja gesagt, aber gegessen hat er ihn trotzdem nicht.

Ich möchte wie Papa das Kind sein, dessen allererster Vater Ismael ist. Eine Vaterschaft, die älter als alle anderen ist, eine Vaterschaft, die im selben Blut weiterführt von Papa zu mir. Und er hat gesagt: Der Junge Ismael, der mit seiner Mutter Hagar aus dem Haus des Vaters vertrieben wurde, war kurz davor, in der Wüste zu verdursten; da hat sie ihn zum Schutz vor der Sonne in ein Gebüsch gelegt, und schon sprudelte unter Ismaels Ferse eine Quelle empor. Dann kam der Engel und sprach zur Mutter: *Was ist dir, Hagar? Fürchte dich nicht, denn Gott hat erhört die Stimme des Knaben, da er liegt. Steh auf, nimm den Knaben und führe ihn an deiner Hand; denn ich will ihn ...*

Aber ich bin, während Papa weitererzählte, über der Geschichte eingeschlafen. Ich werde nie die Fortsetzung erfahren. Manchmal male ich mir aus, was mit Ismael passiert ist. Mir scheint, ich höre eine Stimme, die wie die seine klingt. Ruft er mich?

Weit und breit nichts als Sand und die Stimme von Papa: *»Tag, das Licht ist deine Zuflucht. Hisse dein Blau immer höher empor. Bis zum Schweigen. Dann der Schrei.«*

Aber ich muß den Gipfel der Düne erreichen, die mein Großvater mir bezeichnet hat. Ob auch unter meinem Absatz einmal eine Quelle sprudeln wird? Und wenn die

Quelle ein Auge schon halb geöffnet hätte? Ich muß sie suchen gehen. Eine geheime Quelle, und der stattliche Scheik hütete mehr als eine schlichte Wüste.

Ich bin endlich oben auf der Düne, ein weicher, nachgiebiger Turm. Ich lasse meinen Blick über die Wüste gleiten, die von Höhe zu Höhe, von Tal zu Tal unablässig Fangen mit sich selber spielt, sich nachläuft und sich wieder verliert, um sich weiter vorn erneut einzuholen und nach einem letzten Aufschwung reglos über den Horizont zu purzeln.

Großvaters Zelt sieht von hier oben wie ein großes schwarzes Spinnennetz aus, das direkt auf dem Sand liegt. Doch unter meinen Füßen, in der Tiefe, zeichnet sich im hellen Fleisch deutlich eine Kerbe ab. Der Effekt eines besonders dunklen Schattens? Seltsam, sie scheint seit eh und je hier gewesen zu sein, wo es doch nie etwas anderes gab als Sand. Sie ähnelt einer … – ich war doch früher schon hier, wie kann es sein, daß sie mir nicht aufgefallen ist? Ein guter Grund, zu Großvater zurückzukehren.

Er sitzt noch immer vor seinem Zelt, als ich dort ankomme und zu erzählen beginne; er sitzt noch immer da, als er plötzlich mit einer Lautstärke, wie ich sie noch nie bei ihm gehört habe, zu schreien beginnt:

»Die Quelle!«

»Die Quelle, welche Quelle?«

»Sie ist zurück, sie ist wieder aufgetaucht.«

»Eine Quelle? Sie ist zurück?«

»Du hast sie wiedergefunden.«

Er hält mir die geöffneten Handflächen entgegen.

Und seitdem hütet Großvater die Quelle und die Wüste. Am Anfang, als Papa mich vergessen zu haben schien, war ich gekommen, um den alten Scheik wiederzufinden. Und jetzt habe ich die Quelle wiedergefunden. Doch wer weiß, ob Ort und Quelle nicht vergessen worden wären, hätte

Großvater es nicht auf sich genommen, ihr Hüter zu sein? Ohne seinen Glauben und seine Ausdauer hätte sich die Quelle im Sand verloren und die Wüste auf ihrer ewigen Wanderschaft. Die Wüste wäre einfach nur eine Wüste gewesen. Und ich, hätte ich jemals diesen unendlich fernen Ort kennengelernt, diesen völlig unwahrscheinlichen, in die Freiheit entlassenen Himmelsstrich?

Indem er über die Wüste und die Quelle wacht, hütet Großvater uns. Er hütet die Welt. Eine Welt, die ich ebenfalls hüte. Und vielleicht kommt irgendwann der Tag, an dem das Hin und Her der vielen Fremden ein Ende hat. Man kann nur hoffen, daß wir alle wieder zu uns selber finden, ganz egal, wo wir uns befinden. Dann muß ich genauso wenig wie die anderen wissen, ob ich selbst von hier bin oder von anderswo. Kein Ort wird sich weigern, mir anzugehören, niemand lebt mehr in einem geborgten Land. Und gingen wir in die Wüste: Einladend streckte sie uns ihre nackte Hand entgegen.

Zurückversetzt in ihren Urzustand, gehört die Erde jedem, der des Weges kommt.

Da. Mit einem Mal ist der Garten leer, ist die Welt leer. Bleibt nur die Sonne. Sie allein füllt alles aus. So weit, so gut, solange kein Wort die schöne Stille stört! Wenn ich rede, hört mich niemand, außer mir. Das Glück ist diese Minute, die kein Ende nimmt. Etwas, das einfach nur ist. Auch ich nehme kein Ende. Habe ich »diese Minute« gesagt? Alsbald geschieht das Unerwartete: Die Leere füllt sich. Ohne Vorwarnung, man kann nichts dagegen tun. Mir verschlägt es darüber die Sprache bis ins Mark. Das ist eine andere Art Glück. Wenn das alles nicht auch mir passierte, wäre ich eifersüchtig.

Jeden Morgen ist das so. Der Morgen gewährt einem das Glück, daß er einem erlaubt, sich am sehnlichsten das zu wünschen, was dem Herzen fehlt. Jeder Baum leuchtet von innen heraus.

Doch da beschwert sich ein Vogel. Er ganz allein. Er scheint mit seiner Piepsstimme zu rufen: »Papa. Papa.« Und er macht weiter, er beklagt sich. Ich höre ihm zu. Man könnte meinen, daß die Sonne, dieser Garten mit all ihrer Schönheit, ihrem Frieden für ihn gar nicht zählen. Er ruft nur immerzu: »Papa. Papa.« Ob er wohl niemals müde wird, nie eine andere Platte auflegt? Im Moment besteht er nur aus dieser Stimme.

Und keinerlei Antwort. Man bekommt nie eine Antwort, auf nichts. Es gibt nur Fragen.

So wird er den ganzen Tag lang weiterjammern, davon bin ich überzeugt. Der Garten hört auch zu. Und die Bäume. Die Schaukel hört zu, die Blumen hören zu, das Haus hört zu. Der Himmel da oben vielleicht auch. Aber die Menschen? Wo sind sie, lieber Gott, die Menschen? Jeder ist so weit von jedem entfernt. Eine Wolke frißt die Sonne auf und taucht uns in Schatten. Der Kummer, denn das ist seine Stunde, macht sich überall breit.

Ohne allzu viel zu wagen, bewegen sich die Blätter doch ein wenig und versuchen, so gut es geht, den Schatten abzuschütteln. Sie schaffen es, die Schelme, die Sonne taucht wieder auf, heiterer und fröhlicher als zuvor. Aber sie bleibt nur kurze Zeit, die Wolken gewinnen wieder die Oberhand, Wolken, die auch nur kurze Zeit bleiben und dann weiterziehen. Es gibt keinen Sieger, weder auf der einen noch auf der anderen Seite. Und die Dinge auf der Erde suchen während dieser ganzen Zeit offensichtlich nur nach einem Fluchtweg, aber sie wissen nicht wohin. Ihnen sagen: »Macht euch nicht verrückt, dazu besteht doch kein Grund.« Doch um einen zu hören, müßten sie eigentlich Ohren haben.

Zwischen Himmel und Erde stimme auch ich jetzt mit ein:

»Papa.«

Und wieder:

»Papa. Papa.«

Und ich fühle mich überflüssig, das habe ich nun davon. Und ich fühle, überflüssig werde ich mich überall fühlen. Überall werde ich meinen Platz aufgeben müssen und woandershin gehen, und zuallererst muß ich diesen Baum verlassen. Ich sage: »Gut, ich muß ihn verlassen.« Aber es hilft mir nicht weiter, unfähig wie ich bin, einen Arm oder ein Bein zu bewegen oder zu weinen. Halb erstickt von diesen Tränen, die nicht kommen wollen, glaube ich, ich brauche nicht lange zu warten, bis ich tot bin. Wenn sie doch aufsteigen und mich mitnehmen wollten. Ich tröste mich, indem ich mich fest in die eigenen Arme schmiege. Still. Still. Still. Er kommt schon noch.

Nein, sie kommt schon. Eine Art Freude. Eine richtige Freude, und ich halte mich gut fest in meinem Baum. Ich verspreche: »Ich werde dir Blumen für das Schlafzimmer pflücken, Mama.« Die Wolken ziehen noch immer vorbei, die Sonne explodiert den Dingen ins Gesicht, und sie alle finden ihr Lächeln wieder. Aber ich ärgere mich, sie durch einen Tränenschleier hindurch sehen zu müssen.

Die Freude weint und lacht mit ihrem Licht diesen Augusttag an, der an den vorhergehenden angenäht ist und vorübergeht, ohne um Anfang noch Ende zu wissen. Schlafen, aufwachen und nach der Naht Ausschau halten – man wird sie doch niemals finden: Das Geheimnis ist wohl gehütet. Also muß man die Sonne fragen, was sie mit ihren Nächten macht, die sie regelmäßig auf den nächsten Tag verschiebt, bis sie sie schließlich vergißt. Sie hebt sie uns für den Winter auf. Das ist es. Von den Ebereschen mit ihren immer röteren Fruchtständen und ihrem verblassenden goldenen Laub fallen schon die Blätter. Sie verlieren den Kopf, sobald nur eine Ahnung von Herbst durch die Luft weht. Und dann stehen sie wie trunken da oder wie närrisch, mit dem Blau des Himmels als beinahe einzigem Kleid.

Ein Igel wohnt in unserem Garten, ein guter Freund von uns. Da wir häufig im Freien essen, schnüffelt er immer um den Tisch herum, und beim letzten Mal haben wir ihm Spaghetti gegeben. Die hat er sehr gemocht, aber danach haben wir ihn nicht mehr wiedergesehen. Er schläft bestimmt irgendwo unter einem Haufen welkem Laub und denkt auch, der Herbst ist schon da. Und wenn es trotzdem noch weiter schön bleibt, dann hat er sich etwas zu früh verabschiedet.

Das Haus, ganz in Wassergrün und Blattgrün, träumt am hellichten Tag, denn es erlebt einen Augenblick des Glücks. Von meinem Baum aus sehe ich zu. Die beiden Dachschrägen sind wie Arme, die man über dem Kopf verschränkt. Darunter schnurrt das Haus vor sich hin, und das Blau des Himmels wird zunehmend weiß. Bald wird es weißer als alles andere sein. Und zugleich wird nichts prachtvoller sein als dieser vom Wald umgebene Garten. Rot ist hier nichts, außer den Vogelbeeren, und dann die Schreie der Stare. Die Stare haben jetzt ihre große Zeit. Sie zetern wie toll, Pfeile des Schreckens, die sich, man weiß nicht wo, mitten ins Herz des Morgens bohren. Man sieht sie nur als Strich in der Luft. Sie werden bei diesem Spiel noch zugrunde gehen, mit ihren Schreien, und wenn sie es treffen, an diesem Herzen zerschellen. Doch vielleicht ist das ja ihr ganzes Vergnügen.

Mir bleibt nur noch, darum zu bitten, daß Mama glücklich ist. Wie diese Blumen, die die Sonne anbeten, immer nur ihr zugewandt. Liebt Papa sie etwa nicht? Er ist doch ihre Sonne. Und sie, wie oft habe ich sie nicht schon sagen hören: »Ich liebe dich so sehr. Ich liebe dich so sehr.« Mit diesen Worten auf den Lippen und einem Gebet in den Augen fängt sie Feuer an ihrer Sonne und wird selbst zur Sonne, die alles ringsum erleuchtet, eine Mama, die ich nicht mehr wiedererkenne.

Doch sie hört auf, diese Sonne zu sein, sobald er fortgeht, uns verläßt. Ein Papa, der ständig fortgehen muß. Tatsächlich sind wir beide dann keine Sonnen mehr, keine Königinnen. Nur zwei Schatten bleiben von uns zurück. Ich komme dann hierher und verstecke mich im Baum. Aber sie? Wie ich sie kenne, findet sie keinen anderen Ort, sich einzuschließen, als unser Badezimmer im Keller.

Dort verbringt sie dann Stunde um Stunde, ein Geist, der niemandes Gesellschaft erträgt, und was sie dort macht, weiß kein Mensch.

Unmerklich hält manchmal das Grauen Einzug in der Welt. Ein namenloses Grauen, eines, von dem wir noch nicht einmal den Namen kennen. Und plötzlich füllt das Schweigen den ganzen Garten mit Schweigen an. Nicht das leiseste Wispern eines Blattes. So stark lastet das Schweigen, daß ich mich weder denken noch sprechen höre.

Etwas wird geschehen, etwas wird losbrechen. Ich warte still an meinem Platz. Der Fernseher, der mitten im Film plötzlich eine Störung hat. Man sieht immer weiter hin, und da ist nichts als ein schwarzes Loch.

Dann läuft er wieder, belebt sich, die Bilder sind wieder da.

Das Schweigen hat nicht länger mehr das Wort, hier nicht und nicht in der Ferne. Alles, was man liebhat, ist wieder da. Alles ganz lebendig und nichts, das beunruhigt. Doch sollten einen Zweifel beschleichen: Man weiß jetzt ja, was die Welt hinterrücks versteckt. Man weiß, was einen umzingelt: gefährliche und verrückte Dinge, die einen vermutlich im Auge behalten.

Jene, die mich in dieser Minute beobachten, gehören, wie man ihnen vom Gesicht ablesen kann, nicht zu den Verrückten. Sie sehen freundlich aus, wenn man sie einmal richtig betrachtet, und die meisten sogar schön.

Mit Papa habe ich kurz vor seiner Abreise darüber gesprochen.

»Weil es schön ist, soll es *Mittelmeer* heißen«, hat er gesagt. »Mittelmeer, das milde Meer, das wilde Meer, das Muttermeer.«

Und er hat gelacht:

»Das Bittermeer!«

Ich finde es toll, wenn er so redet, es entzückt mich. Lieber Gott, mir ist, als kämen seine Worte direkt aus mir heraus.

Diese verteufelten Stare! Schießen schon wieder ihre Pfeile ab. Was für ein Massaker das gibt! In meinen Beinen, die schon so lange von dem Ast herabbaumeln, kribbeln die Ameisen. Ich muß gleich hinunter und tanzen, damit sie wieder aufwachen. Die Katze wird nicht lange auf sich warten lassen, wenn sie mich auf dem Boden sieht, und mir an den Hals springen.

Behutsam, um meinen eingeschlafenen Beinen eine allzu brutale Berührung mit dem Boden zu ersparen, setze ich einen Fuß auf die Erde. Und was stößt gegen mein Schienbein: die Katze. Ich hatte ja schon damit gerechnet, aber sie schafft es immer wieder, einen zu überraschen. Ich stehe vor ihr, einen Fuß im Gras, den anderen in der Luft, die Arme über dem Kopf gerundet, und rühre mich nicht, wie die Statue einer Tänzerin. Mitsou sieht mich verwundert an, versucht zu verstehen. Dann stellt sie sich ihrerseits auf die Hinterbeine oder versucht es zumindest. Sie schafft es nicht? Auch gut. Sie springt auf der Stelle herum. In diesem Moment federt die Statue, die ich bin, über den unsichtbaren Abgrund hinweg, den sie zu ihren Füßen errät, und macht sich Pirouetten drehend davon, während ihr Körper im Zustand der Gnade, der die Tänzerinnen trägt, schwerelos durch die Luft schwebt. Und Mitsou, was kostet die Welt, saust kreuz und quer durch den ganzen Garten. Federn und Flügel liegen verstreut umher, ein zerfetzter Vogel. Ihre Schuld? Sie flitzt im Zickzack durch die Rabatten und ist mit einem einzigen Sprung im Haus verschwunden.

Ich folge ihr nach, ich rufe:

»Mama, Mama! Wo bist du?«

Wie dunkel es da drinnen ist! Das ganze Licht, das von

uns Menschen und das der Dinge, hat sich nach draußen verzogen, zur Sonne. Ich gehe mit geschlossenen Augen geradeaus. Ich denke, daß ich so direkt in Mamas Arme falle. Oder in die von Papa, wer weiß?

So gehe ich voran, Arme und Hände weit ausgestreckt. Von vorne kommt mir Papas Kraft entgegen – ich spüre sie. Er würde mich noch in der finstersten Nacht erkennen. Er hat mich lange genug in seinen Augen getragen, hell wie eine Kerze brennt mein Bild in ihnen. Ich kann mich in ihre Liebe fallen lassen. Ich frage:

»Mama, wo bist du?«

Und ich frage:

»Papa, bist du da?«

Worte, die ebensogut von mir wie von irgendeinem dieser Gegenstände stammen könnten, von den Möbeln und selbst der Luft dazwischen, ja sogar von den Mauern.

Ich brauche mich nicht mehr in ferne Expeditionen zu stürzen, um ihn wiederzufinden. Das Band hat sich niemals gelöst.

Daniel Pennac
Monsieur Malaussène

Roman
Titel der Originalausgabe:
Monsieur Malaussène
Aus dem Französischen von Eveline Passet
Gebunden

Ein einziges Lesevergnügen ist dieser hinreißende Roman, der von Benjamin Malaussène und seinen Abenteuern erzählt, von seiner verrückten Sippe und von Belleville, jenem lebendigen Pariser Vorort mit seinen multikulturellen Bewohnern.

Siranna Sateli
Und beim Licht des Wolfes
kehren sie wieder

Roman
Titel der Originalausgabe:
Καί μέ τό φῶς τοῦ λύκου ἐπανέρχονται
Aus dem Griechischen von Danae Coulmas
und Nonna Nielsen-Stokkeby
Gebunden

In ihrer faszinierenden Familiensaga, die um die Jahrhundertwende im Norden Griechenlands spielt, erzählt Siranna Sateli von Christóphoros und seiner vielköpfigen Familie, von Geburt, Leben, Liebe und Tod, vom Rhythmus des Jahres und seinen Bräuchen. Ein mitreißender Roman, der einen Leserausch auslöst.

Alan M. Dershowitz
Ein Spiel mit dem Teufel

Roman
Titel der Originalausgabe:
The Advocate's Devil
Aus dem Amerikanischen von Jürgen Bürger
Gebunden

Eine seltene Konstellation: einer der großen Strafverteidiger der USA, der Anwalt Mike Tysons und O. J. Simpsons, hat einen Gerichts-Roman geschrieben – so spannend wie authentisch.

John Banville
Athena

Roman
Aus dem Englischen von Lilian Faschinger
Leinen

Der Roman des bedeutenden irischen Autors John Banville über eine maßlose Liebe und das Unvermögen eines Kunstexperten, zwischen Echt und Falsch zu unterscheiden, ist eine faszinierende, außergewöhnliche Lektüre.

»Nostalgie, so melancholisch und verführerisch, ist eine große Lüge, ein köstlicher Betrug«. *The Observer*

Gabriel García Márquez
Nachricht von einer Entführung

Titel der Originalausgabe:
Noticia de un secuestro
Aus dem Spanischen von Dagmar Ploetz
Gebunden

Der kolumbianische Nobelpreisträger, große Romancier und Journalist Gabriel García Márquez erzählt in einer aufrüttelnden Reportage, in deren Mittelpunkt die Geschichte zweier Frauen steht, von einer spektakulären Entführung durch das Medellinkartell in Kolumbien.